Impressum

© 2016 Gerd Becker

Verlag: tredition.de, Hamburg

Paperback   978-3-7345-8115-1
Hardcover   978-3-7345-8116-8
e-book   978-3-7345-8117-5

Die Gefahr

Die Gefahr

Anno 1956 im Winter. In einem Krankenhaus in Niedersachsen wird ein Junge geboren. Nun, es werden nicht selten Jungs im Krankenhaus geboren. Doch dieser sollte ein besonderer sein.

Ein Jahr war seit der Geburt vergangen. Die Familie wurde von einer starken Infektion heimgesucht. Alle haben sie es nach einigen Tagen überstanden. Alle? Nein, der Kleinste kämpfte noch mit der Krankheit. Das Fieber ging einfach nicht zurück. Es war sehr hoch. Der Arzt der Familie beobachtete es bereits mit Sorge. Dann nahm er den Vater mit in seine Praxis und rührte etwas zusammen was den Virus aus dem Körper des Jungen vertreiben sollte. Es wurde dem Jungen eingegeben. Und siehe da, das Fieber ging zurück. Alle freuten sich.

Doch es sollte alles anders kommen. Der Junge behielt etwas von der Infektion zurück. Krabbeln und stehen konnte er. Aber nicht laufen. Die Eltern versuchten alles mögliche. Gingen mit ihm zur Krankengymnastik. Vertrauten ihm einen Professor an, der die neueste Operationstechnik aus Amerika mitgebracht hatte. Was erreichten sie? Nicht viel. Der Junge blieb gehbehindert. Doch er lernte mit der Behinderung zu leben.

*

Die Sonne scheint vom blauen Himmel. Der Strand des Strandbades ist voll. Kinder lärmen, Eltern spielen mit ihren Kindern. Einige tummeln sich im Wasser. Auf dem Wasser fahren Schiffe aufs Meer oder kommen zurück.

Ein Mann schwimmt außerhalb der gekennzeichneten Badestelle. Der Bademeister ruft ihn per Megafon wiederholt zurück. Doch der Mann schwimmt unbeirrt weiter. Noch einige Meter und er ist im Fahrwasser. Der Bademeister ist verzweifelt. Das Boot der DLRG ist draussen und hilft einem verunglückten Segler. Er selbst ist ein guter Schwimmer, doch seit zwei Tagen trägt er einen Gips am Arm. Somit ist ein Schwimmeinsatz seinerseits nicht möglich. Und der Mann da draußen schwimmt schon fast im Fahrwasser. Jugendliche und Kinder stehen beim hilflosen Bademeister. „Lippi, der Mann ist gleich im Fahrwasser. Und die Nordlicht kommt rein." „Sehe ich auch. Aber die Delphin ist beim Segler. Ich kann mit dem Gipsarm nicht schwimmen. Schon gar nicht retten. Ich weiß auch nicht weiter."

Ein junger Mann steht mit auf der Brücke des Strandbades. Er geht an Stöcken. Das Gespräch hat er mitbekommen. Das Schiff ist noch gut eine halbe Stunde vom schwimmenden Mann entfernt. Auf der Brücke liegt eine rote Leine mit Schulterhalfter. Es ist eine Rettungsleine. Der Mann streift sich das Halfter über und springt ins Wasser. Polternd fallen die Stöcke auf die Brücke. Lippi schaut dem Mann nach und sieht das er zum Mann im Fahrwasser schwimmt. Als er die rote Leine erkennt, schüttelt er seinen Kopf. >Das schafft er nie.<

„Hey, Kinder, wenn er den Kerl vor dem Schiff erreicht, zieht ihr die Leine zurück so schnell ihr könnt." „Wer ist das denn?" „Seine Brüder sind in der DLRG, aber er nicht. Mut hat er aber." „Warum ist er nicht in der DLRG?" „Er ist gehbehindert." „Aber schwimmen kann er." „Ja, und wie." „Gleich ist er beim Alten. Noch fünf Minuten für das Schiff. Wenn er es schafft, wird es eng."

6

Der junge Mann schwimmt und schwimmt. Zu sehen ist nicht viel. Nur seine Arme und sein Kopf, wenn sie aus dem Wasser kommen. Die Arme tauchen sechs Mal in das Wasser, dann taucht der Kopf auf. Und in der kurzen Zeit des Auftauchens holt der Mann Luft und orientiert sich. Unermüdlich schaufeln die Arme das Wasser nach hinten. Die Beine hängen nur hinten dran. Eine Frau fragt staunend „Hat er irgendwo Kiemen?" Der Mann erreicht den alten Mann im Fahrwasser. Das Schiff in unmittelbarer Nähe.

„Kinder, die Leine. Gleich hat er ihn. Jetzt! Zieht was ihr könnt. Lauft nach hinten. Schneller. Das könnt ihr noch schneller." Er sieht, daß der Mann den alten Mann von hinten packt. Klemmt ihn an sich. Der alte Mann will sich wehren. Doch da erkennt er die Gefahr, die auf ihn zu kommt und fällt in Ohnmacht. Die Kinder packen einer nach dem anderen die Leine und laufen so schnell sie können nach hinten. Sie haben mal gerade 15 Meter die beiden gezogen, da passiert das Schiff die Stelle, wo eben noch die Männer schwammen. Alle atmen durch. Und die Kinder? Die ziehen immer an der Leine. Laufen nach hinten, und fangen dann wieder von vorn an.

Das Rettungsboot kehrt vom Segler zurück. Es fährt zu den beiden Männern und nimmt sie auf. Der junge Mann ist außer Atem. Sein Körper zittert vor Anstrengung. Doch er hat es geschafft. Nur auf Armkraft geschwommen, konnte er einem anderen helfen. Von da an weiß er: geht nicht, gibt's nicht.

Alle haben das Schauspiel gesehen. Doch keiner redet darüber. Django, so heißt der junge Mann, wird von allen akzeptiert.

*

„Ich geh zum Segeln." sagt Jürgen. „Sag mal, können wir nicht mit kommen? Dein Bruder soll auch mal mit dem Boot fahren." „Gut, das Wetter ist ruhig. Also los." So fährt Jürgen mit Vater und seinem jüngeren Bruder zum Segeln. Gemeinsam machen sie das Boot startklar. Es ist ein altes Holzboot der Marke Korsar. Die zweitschnellste Jolle des Seglervereins. Django geht an Bord und setzt sich am Segelmast hin. Während sein Vater und sein Bruder das Boot von der Sandbank schieben. Sie steigen ein und setzen das Segel. Jürgen hat das Ruder in der Hand. Zum erstenmal fährt Django mit dem familieneigenen Boot.

Sie fahren weit raus. Vorbei an der Ansteuerungstonne des Hafens. Der Wind treibt das Boot vor sich her. Es neigt sich zur Seite. Steht gut vor dem Wind. Die Fahrt ist schnell. Die Sonne brennt auf der Haut. Doch die Segler haben sich gut angezogen. Nur im Gesicht und an den Händen kann die Sonne die Männer erreichen. Doch der Seewind verhindert, daß sie die Sonne spüren.

Jürgen hält das Ruder, sein Vater übernimmt den Job des Vorschoters. Seewasser schwappt in das Boot. Django nimmt die Blechbüchse und schippt das Wasser wieder raus. Sie gehen höher an den Wind. Jürgen muß sich weit aus dem Boot neigen, damit es nicht kippt. Sein Vater stellt sich auf die Bootskante um Jürgen besser unterstützen zu können. Trotz einem Mann mehr an Bord ist die Korsar sehr schnell. Da das Boot schräg liegt, kommt das Wasser unaufhörlich ins Bootsinnere. Unermüdlich schippt der dritte Mann an Bord mit der Büchse. Ein bißchen Wasser im Boot macht nichts. Doch paßt man nicht auf, und lenzt es wieder aus dem Boot, kann es gefährlich werden. Der Mann mit der Büchse weiß nicht, daß Vater

und Bruder testen wollen, ob er Angst bekommt. Nein,
Angst hat er nicht.

Einige Tage später geht Django allein am Hafen entlang. Er ist
schon eine Weile gegangen. Bleibt mal stehen und schaut sich
um. Da sieht er ein paar Rocker hinter sich. Auch sie haben ihn
entdeckt. Einer spielt mit seinem Butterfly-Messer. Django
ahnt nichts gutes. Schaut sich schnell um und sieht einen
breiten Baum. Er geht zu ihm und stellt sich mit dem Rücken
an den Stamm. Nun kreuzt er seine Stöcke wie Schwerter vor
sich und wartet auf den Angriff.

Die Rocker greifen ihn an. Zu fünft. „Los, den machen wir fertig." Schon ist der mit dem Messer heran. Doch bevor er seinen
Pockenritzer ins Ziel bringen kann, wird sein Arm zur Seite ge-
schleudert. Das Messer fliegt durch die Luft und landet irgendwo im Gebüsch. Schon ist der nächste da und schreit vor
Schmerzen auf. Hält sich mit beiden Händen den Hals. Die
übrigen drei gucken verdutzt. Damit haben sie nicht gerechnet.
„Noch jemand ohne Fahrschein? Wer will noch mal? Wer hat
noch nicht?" Die drei greifen von drei Seiten an. Einer von
vorn, die anderen von den Seiten. Django behält alle drei im
Auge. Der von vorne ist unvorsichtig und somit einen Schritt
zu schnell. Das hat Django gesehen. Er hebt den linken Stock
ruckartig hoch. Damit hat der Angreifer nicht gerechnet. Ups.
Der Angreifer wird an seiner Männlichkeit getroffen.
„Aaaahh." schreit er auf und krümmt sich vor Schmerzen. Der
Stock kommt wieder runter und trifft ihn nochmals. Diesmal
im Nacken. Somit liegt er am Boden. „Mahlzeit. Laß dir's
schmecken."

Seine Kameraden sehen dies und werden noch wütender. Mit

lautem Gebrüll stürmen sie vor. Django nimmt beide Stöcker fest in die Hände und schlägt zu gleich zur Seite. Der rechte Angreifer hat Glück und bekommt den Stock zu fassen. Er entreißt Django den Stock, während der linke zu Boden geht. Der Hieb traf ihn am Hals. Der Schmerz zwingt ihn zu Boden. Der Übriggebliebene entreißt Django den Stock. Packt ihn mit beiden Händen am Kragen und will ihn zu Boden werfen. Doch Django krallt die Finger zusammen. Blitzschnell schlägt er zu und platziert die geballten Finger an den Kehlkopf des Angreifers. Dieser schnappt nach Luft. Derweil zwei Finger sich in seine Augen bohren. „Aaaahh" schreit er auf und weicht zurück.

Die Rocker schauen sich um. Von einer Seite ertönt Geschrei. Sie sehen den Grund. Vom Seglerverein kommen Männer mit Leinen und Knüppeln. Die Lederjacken machen, daß sie weg kommen. Den vorübergehenden Blinden im Schlepp.

Django sucht seine Stöcker. „Ist alles in Ordnung?" wird er gefragt. „Ja." Einer reicht ihm den entrissenen Stock. Doch – sie wollten ihm helfen, kamen aber zu spät.

Django macht sich auf den Heimweg.

*

Die Sonne steht seit drei Stunden am Himmel. Auf dem Hof liegt eine morgendliche Ruhe. Dreißig Ponys laufen auf der Weide. Inmitten der Herde hockt eine Frau im noch feuchten Gras. Ein Hund stöbert zwischen den Tieren. Eine Stute schnaubt, als der Hund versehentlich an ihr Fohlen kommt. Am Waldrand hebt eine Fuchsstute ihren Kopf. Sie hat eine

Bewegung am Tor bemerkt. Leise schnaubt sie zufrieden. Die Person hat sie erkannt. Ein kaum hörbarer Pfiff ertönt. Schnell noch zwei Grasbüschel gerupft und dann ab im Galopp. Auf halbem Weg stehen sie bei einander. „Na, Mädel, gut geschlafen?" Die Stute stubst dem Mann ihre Nüstern in den Bauch. Ganz zärtlich. Dann nimmt sie den Apfel aus seiner Hand. Schmatzend folgt sie ihrem Herrn von der Koppel. „Was wir wohl heute erleben werden."

Schnell ist das Tier gesattelt. Die Frau von der Weide kommt seitlich an die beiden heran. „Wollt ihr wieder auf Tour?" „Ja. Nur wann wir wieder zurück sind, wissen wir noch nicht." „Gibt es eigentlich einen kleinen Kasten, mit dem man eine ganze Stadt dem Erdboden gleichmachen kann? Nur per Knopfdruck?" „Ja. Warum?" „Sascha hat gestern Abend von so einem Gerät gesprochen. Er hat im Park mitbekommen, wie ein paar Männer davon sprachen. Sie wollten es holen." „Da kommen sie nicht ran. Nur wenige wissen, wo es ist." „Weißt du nicht, wo es ist?" „Nein." Das Tier ist gesattelt. „Warte, ich helfe dir." Die Frau hilft dem Mann beim Aufsteigen.

Die Gedanken des Mannes sind bei dem gefährlichen Kasten. Natürlich kennt er den Gefahrenkörper. Schließlich war sein Bruder mit dem Gerät beschäftigt. Nein, es gibt nicht nur einen Laserkasten. Sein Bruder hat seine Diplomarbeit über dieses Gerät geschrieben. Folglich kennt er auch die Gefahren. „Es kann sehr spät werden bis wir wieder kommen." Die Stute setzt sich in Bewegung und dann verlassen sie den Hof.

*

Zwei Männer schleichen sich an ein Auto heran. „Was machen

wir mit dem Wagen ohne Schlüssel?" „Na, was schon? Fahren natürlich. Oder wolltest du die ganze Strecke schieben?" Sie prüfen ob die Türen verschlossen sind. Sie sind es. „Und nun?" „Dauert nicht lange. Brauche nur einen Draht. Nach wenigen Minuten ist das Fahrzeug offen. „Willst mit, oder auf was wartest du jetzt?"

Die Männer starten das Fahrzeug und fahren los. „Weißt du überhaupt wo dieser komische Kasten ist?" „In Hamburg. Auf militärischem Gebiet." „So, militärisches Gebiet. Und wie willst du da reinkommen ohne Ausweis?" „Mach dir darüber keinen Kopp. Wir schaffen das schon." Sie fahren aus dem Ort Richtung Autobahn. Es wird eine gemütliche Fahrt in die große Hafenstadt. Der Fahrer grinst in sich hinein. >Das wird eine richtige Gaudi. Rein ins Gelände. Den kleinen Kasten holen und wieder raus. Jopi hat ja Wachdienst heute Abend. Und dann werden wir den Kasten bei den Hexen ausprobieren.<

*

Die Sonne meint es gut an diesem Tag. Der Reiter mit dem Fuchs reitet südwestlicher Richtung. >Was haben die Männer mit dem Kasten vor? Welche Stadt oder Land soll vernichtet werden?<

Seit einiger Zeit sind die beiden nicht mehr allein. Ein großer schwarzer Hund folgt ihnen. Wird das Tempo erhöht, wird auch der Hund schneller. Er will bei ihnen bleiben.

„Na, Schwarzer, wo willst du denn hin? Bei uns bleiben? Na, dann komm mal dichter. Maybe, der tut nichts. Er will nur mitkommen." Der Hund hat die Worte gehört und ist schnell neben dem Reiter gelaufen. „Hast du auch einen Namen? Ich nenn dich einfach Black."

Dann sind die Gedanken des Reiters wieder bei dem Kasten. Doch der Kasten ist sehr gefährlich. Kaum auszudenken, was passiert, kommt er in verkehrte Hände.

Das Tempo der drei wird schneller. Der Reiter hat das Pferd aber gar nicht angetrieben. Die Stute hat seine Gedanken erraten und ist von selbst in den schnellen Trab gegangen. Bei diesem Tempo können sie eine sehr lange Strecke überwinden, ohne das sie müde werden. „Hey, Mädel, kannst du Gedanken lesen?" Die Stute schnaubt leise. Was so viel wie „Ja" heißt. „Heute kommen wir denn nicht mehr nach Hause. Also, werden wir das zu uns nehmen, was wir finden."

Nach drei Stunden sind die drei bereits sehr nahe der Stadt gekommen, wo der riskante Kasten steht. Der Reiter steigt aus dem Sattel, befreit das Pferd vom Geschirr und läßt sich an einem Stein nieder. Sattel und Zaum liegen neben ihm. Das Pferd wälzt sich im Gras und beginnt danach langsam zu fressen.

Black hat in der Zeit das Lager weitläufig untersucht. Er hat nichts auffälliges entdeckt. Er läuft zu dem Reiter und legt sich in einem Abstand bei ihm hin. „Kannst ruhig dichter ran kommen. Ich beiß nicht. Hast nichts für den Magen gefunden? Na, dann nimm das." Django legt eine Scheibe Fleisch, was er vorsichtshalber mitgenommen hatte, dem Hund vor die Nase. „Kannst ruhig essen. Ich ess das ja auch. Also nichts vergiftet."

Der Hund kommt heran, nimmt das Fleisch und legt sich neben

13

Django. „Sag mal, wem bist du weggelaufen? Aber Gesellschaft tut ja gut. Maybe läßt du aber in Ruhe. Sie tut dir auch nichts." Der Hund legt seinen Kopf bei Django auf den Oberschenkel. Beide schlafen nach dem Essen ein. Das Pferd grast noch. Bleibt aber in der Nähe der beiden Schlafenden.

*

Dunkel ist es in der Stadt. Wären die Straßenlaternen nicht an, könnte man gar nichts sehen. Der Autoverkehr ist nachts gering in einer Großstadt.

„Weißt du, wo es ist? Ich meine, das Areal, wo der Kasten ist?" „Ja." „Und den Weg dahin? Oder müssen wir jemanden fragen?" „Wen willst du denn fragen? Die Polizei vielleicht? Kannst ja gleich sagen 'Wir wollen da einen Kasten klauen'. Ich kenn den Weg dahin und Jopi hat Wache. Was soll da noch schiefgehen?" „Ach, schau was auf dem Schild steht. Na, dann wollen wir mal den Schildern folgen."

Der Wagen folgt den hellen Schildern, wo drauf steht, wie sie zu dem Areal kommen. Sie schauen auf die Uhr. „Wir haben noch Zeit, Der Wachwechsel war noch nicht. Fahren wir mal hier an die Straßenseite." „Wann ist Wachwechsel?" „Genau um 20 Uhr." „Also in einer halben Stunde. Was machen wir so lange?" „Warten. Ganz einfach warten." Der Fahrer dreht die Sitzlehne etwas nach hinten und schaut sich so ein bißchen um.

Sein Kumpel dreht ebenfalls seine Sitzlehne zurück, holt seine Zigaretten raus, nimmt eine und steckt sich die an. „Von warten war die Rede. Nicht von Luft verschmutzen." „Kann ja aussteigen zum Rauchen." „Damit dich einer sieht? Bleib man

14

schön sitzen. Mach das Fenster ein bißchen auf." Der Beifahrer öffnet das Fenster etwas damit der Rauch abziehen kann.

Vom Areal kommen langsam Personen raus. Einige per Auto und andere zu Fuß. Die mit dem Auto haben sich gedacht, noch irgendwo ein zukehren. Alkohol trinken dürfen sie nicht, da sie Bereitschaftsdienst haben. Aber sie wollen mal etwas anderes sehen.

Die Fußgänger haben Wohnungen in der Nähe. Oder wollen zu Fuß einen trinken gehen. Dann können sie jedenfalls nicht ihren Führerschein verlieren.

Einer der Fußgänger geht an dem Fahrzeug vorbei, in dem die beiden Wartenden sitzen. Er geht vorbei, dreht sich aber noch einmal um. >Was wollen die denn?< denkt er. Schaut auf das Nummernschild und merkt sich das Kennzeichen.

Der Fahrer schaut zur Uhr. „Was ist deine? Meine zeigt 19:45 an." „Ja, das ist meine auch. Ist dann wohl richtig. Zigarette?" „Du mit deinem Gequalme. Fehlt nur noch, daß du anfängst mit dem Taschentuch zu winken. Rauchzeichen geben wie früher die Indianer."

Der Raucher fängt an zu husten. Dabei wollte er eigentlich lachen. Nach dem er ausgehustet hat „Mußt du Witze machen, wenn ich gerade am ziehen bin?" Ja, dann kannst du jedenfalls nicht weiterziehen. Mußt ja husten. Außerdem ist das eine Ziga-rette und keine Husterette."

Als Antwort erhält der Fahrer einen ordentlichen Knuffer. „Vom Hauen hat hier keiner was gesagt. Paß lieber auf, sonst kriegst du wieder deinen Hustenanfall."

Vor dem parkenden Wagen wird es auf dem Arreal sehr aktiv. Stramme Schritte sind hörbar. Dann eine Stimme: Abteilung stillgestanden. Mehrere Menschen stehen zusammen und richten ihr Augenmerk auf den Befehlsgeber.

„Aha, es geht also los. Der Wachwechsel." „Wird aber auch Zeit." „Warum? Es ist doch jetzt 20 Uhr." „Das ist egal. Ich krieg Hunger." „Du bist lustig. Erst hier die Luft verpesten und jetzt Hunger haben wollen." „Wie lange dauert es denn noch?" „Kann ich dir genau sagen: bis die fertig sind." „Haha, selten so gelacht." „Man, die Gruppe muß erst wieder weg sein und Jopi allein. Dann können wir da rein."

Die Gruppe, die für den Wachwechsel angetreten war, entfernt sich wieder. Die neue Wache ist allein auf ihrem Posten.

„Wie lange warten wir denn jetzt noch? Ich habe Hunger." „Hast du noch Zigaretten?" „Ja. Warum? Willst du jetzt anfangen mit rauchen?" „Nein, aber du kannst sie dir in den Mund stecken und ganz langsam kauen. Sollst mal sehen, der Hunger vergeht." Die Antwort auf die Erläuterung war nur ein schiefer Blick. Und dann begann der Beifahrer an zu schmollen.

Langsam legt sich die Dunkelheit über die Stadt. „Warten wir noch ein bißchen. Dann ist es ganz duster."

Nach einer langen Wartezeit – Uli, der Beifahrer ist eingeschlafen – sagt der Fahrer des Wagens „So, jetzt geht's los. Jopi hat das Zeichen gegeben." Der Beifahrer „Was ist los?" „Es geht

16

jetzt los. Komm schon, beweg dich. Jopi hat das Signal gegeben." „Wird auch langsam Zeit."

Die beiden verlassen das Auto und schlendern zu dem vor ihnen liegenden Zaun. „Ihr müßt da vorn rein kommen, dann geht ihr links zu dem Gebäude und müßt dann in den Keller. In Raum 5 befindet sich der Kasten." „Gut. Und wie kommen wir ins Gebäude?" „Durch die Tür natürlich. Wozu ist sie denn sonst da?" „Dieser Schlüssel ist für die Gebäudetür. Und dieser kleine ist für die Tür von Raum 5." „Und der Kasten ist gleich hinter der Tür?" „Ne, der ist in einem Glasbehälter. Der wieder mit Lichtschranken gesichert ist. Die schaltet ihr mit dem Knopf neben dem Lichtschalter aus." „Und der ist gleich an der Tür." „Ja. Außen. Macht ihr erst die Tür auf, gibt es Alarm."

Die beiden Kumpels schauen sich an. „Na, das kann ja noch heiter werden." „Hoffentlich macht ihr das lautlos. So, und nun fangt an. Ich muß auf meinen Posten." Jopi begibt sich auf seinen Wachposten, während die anderen auf das bezeichnete Gebäude zu laufen. Immer drauf bedacht im Dunkeln zu bleiben. Sie erreichen schnell die Tür. Karl, der Fahrer, bekommt die Tür schnell auf und die beiden verschwinden im Gebäude. „Das hast du aber schnell aufgekriegt." flüstert Uli. „Tür ist Tür. Egal, ob Haus oder Auto. Du mußt nur wissen wie."

Sie schleichen sich durch die Flure. Immer bedacht keinen Lärm zu machen. Dann erreichen sie die Treppe zum Keller.Mit schnellen Schritten sind sie runter. Karl sieht die Tür zum Raum 5. „Hier ist es. So, wo ist der Lichtschalter?" „Du mußt den an-deren Schalter nehmen. Nicht den Lichtschalter." „Aber, wenn ich den Lichtschalter habe, habe ich auch den anderen zum Deaktivieren der Lichtschranken." „Nimm doch

17

diesen hier." Uli drückt auf den obersten Knopf von zwei Knöpfen, die überein-ander sind. „Woher weißt du, daß das der richtige ist?" „Der andere hatte einen kleinen roten Punkt in der Mitte. Wie die anderen Lichtschalter auch." „Aha." Die Tür von Raum 5 geht auf.

Karl geht als erster hinein. Uli folgt ihm. Sie sehen den Kasten, der in einem Glaszylinder steht. „Wie geht der Zylinder denn auf?" fragt Uli. „Kann ich noch nicht sagen. Muß es mir erst genau ansehen."

Sie erreichen den Glaszylinder. Dieser ist mit drei Sicherheits-schlösser verriegelt. Die beiden schauen sich an. „Das hat Jopi aber nicht gesagt." „Er weiß auch nicht alles." „Und nun?" „Birne anstrengen. Wozu hat man die denn? Zum Haare tragen und als Hutständer?" „Du nun wieder."

Karl sein Sortiment ist nicht für Sicherheitsschlösser geeignet. Er hat nur die Grundausstattung für Türöffner. Er schaut sich das erste Schloß an. Dann nimmt er einen dünnen Schrauben-zieher und versucht damit das Schloß auf zumachen. Er schafft eine leichte Drehung. Doch das Schloß bleibt noch verschlos-sen. Jetzt sucht er eine dünne, aber starke Spitze und versucht es weiter. Diesmal schafft er zwei Drehungen. Das Schloß öffnet sich.

Auf der Stirn von Karl bilden sich kleine Schweizperlen. Seine Hände werden langsam feucht. Karl geht zum zweiten Schloß. Wieder die selbe Art. Erst den Schraubenzieher und dann die starke dünne Spitze. Das zweite Schloß öffnet sich.

„Wie lange dauert das denn?" „Kann ich dir genau sagen. Bis

ich alle geöffnet habe." „In Minuten." „Kannst ja mal die Zeit nehmen. Mit der Stoppuhr." „So was habe ich nicht." „Dann mußt du zählen. 1, 2, 3, usw. 6o ist eine Minute. Du zählst nämlich die Sekunden."

Karl macht sich an die dritte Sicherung. Die Vorgehensweise wie vorher bei den anderen. Dann sind alle drei Schlösser geknackt. Sie nehmen vorsichtig den Glaszylinder hoch. Uli greift schnell zum kleinen Kasten und nimmt ihn von seinem Sicherheitsplatz. Dann verlassen die beiden den Raum und verschließen die Tür wieder ordnungsgemäß. Auch die Sicherung wird wieder aktiviert.

Mit schnellen aber ruhigen Schritten verlassen die beiden Diebe das Gebäude. Auch draußen auf dem abgesperrten Gelände sind sie noch ruhigen Schrittes. Erst nach dem sie das Tor passiert haben beginnen sie zu laufen. Schnell sind sie bei ihrem Auto und setzen sich rein.

„Karl, wir haben es geschafft. Wir haben den Kasten. Und was machen wir jetzt?" „Hier verschwinden. Oder wolltest du hier bleiben?" „Ne, nun mach schon das wir hier weg kommen." Der Motor springt an und das Fahrzeug beginnt sich in Bewegung zu setzen.

Vorsichtig dreht Karl das Auto um. Jetzt bloß keinen Unfall bauen. Langsam weg fahren. Erstmal raus aus dieser Stadt. Und dann Richtung Süden. Das wird eine sehr lange Fahrt. Hoffentlich reicht der Sprit. Und wenn nicht? Kein Problem. Karl bekommt jede Tür auf. Erst Recht Autotüren.

„Wo treffen wir eigentlich die anderen von unserer Truppe?"

„Im Süden. Nicht Italien. Habe Order nach Austria zu fahren. Jedenfalls haben wir schon mal den wertvollen Kasten." „Was kann man denn damit machen? Weil er ja in einem Sicherheitsraum stand." „Der Kasten? Kleiner Kasten, große Wirkung. Drück jetzt bloß nicht auf den roten Knopf." „Welchen? Den hier?" „Uli, mach keinen Scheiß." „Was passiert denn?" „Dann sitzt du hinterher mit deinem Arsch und dem Kasten in der Hand auf der Straße bei 130 km/h. Das Auto und mich gibt's dann nicht mehr."

Ganz vorsichtig legt Uli den Kasten auf den Rücksitz. Aber so, daß er sich nicht bewegen kann.

Sie verlassen die Stadt und erreichen die Autobahn. Karl schaut wo es lang geht Richtung A 7. Nach wenigen Minuten haben sie die A 7 erreicht und fahren im ruhigen Tempo gen Süden.

Über Karls Gesicht huscht ein breites Lächeln.

*

Ein neuer Tag bricht an. Noch ist es frisch und etwas feucht. Die Fuchsstute ist schon seit ein paar Minuten wach und frißt das spärliche Gras. Der Mann am Boden reckt seine Glieder. Dann erhebt er sich langsam. „Moin Maybe, bist schon am Früh-stücken?" Als Antwort kommt ein leises kurzes Schnauben. Der Mann sucht sein Eßgeschirr hervor. Dann macht er sich einen Kaffee und beginnt mit seinem Frühstück.

„Was wir wohl heute erleben? Hoffentlich haben die den Kasten nicht gefunden. Wenn doch, können wir uns auf eine sehr lange Reise gefaßt machen."

Der große Hund legt seinen Kopf auf den Oberschenkel des Mannes. „Ja, du kommst mit. Schließlich kann ich deine Nase gebrauchen." Die Stute schaut zu den beiden am kleinen Feuer. Dann sammelt der Mann seine Utensilien zusammen. Übersieht aber seinen Kaffeebecher. Black nimmt den Becher und gibt ihn dem Mann. „Richtig, der muß auch mit. Wie soll ich sonst meinen Kaffee trinken." Schnell ist alles zusammengepackt. Das Pferd gesattelt und weiter geht die Reise.

Nach ein paar Metern beginnt das Pferd zu galoppieren. An der rechten Seite läuft der Hund. Der Blick zum Himmel sagt, daß es ein trockener Tag wird.

Nach einiger Zeit erreichen die drei die Stadt des Geschehens. Den Weg zum gesperrten Areal finden sie schnell. Bei ihrem Eintreffen sieht der Reiter viele Personen vor einem Gebäude. Einige Fahrzeuge mit Blaulicht stehen davor. >Uff, es ist schon passiert. Feldjäger vor dem Gebäude. Das muß über Nacht passiert sein.<

Django beobachtet das Geschehen auf dem Areal. Dann sagt er „Tja, ihr beiden, dann müssen wir wohl den Kasten wiederholen. Das wird bestimmt nicht leicht." Der Hund schnuppert am Tor hin und her. Dann läuft er ein paar Meter und bleibt erstaunt stehen.

Enttäuscht schaut er zum Reiter. „Schon gut, Black. Du hast die Witterung von den Dieben gefunden und wieder verloren. Nein, nicht wirklich verloren. Dort stand das Fahrzeug der Diebe. Laß mich mal überlegen."

Der Reiter wendet das Pferd ab und reitet in die Richtung, die

die Diebe gefahren sind. >Aha, zur Autobahn ging es. Schätze mal gen Süden. Fragt sich jetzt Italien oder doch noch etwas östlicher."< Er reitet zum Bahnhof. „Ne, Mädel, die Strecke reiten wir nicht. Da nehmen wir mal die Bahn." Vor dem Bahnhof steigt er aus dem Sattel und geht in das Gebäude. Die Tiere bleiben vor dem Gebäude stehen.

Am Schalter löst der Reiter ein Bahnticket. „Einmal Erwachsener und zwei Tiere." „Was für Tiere?" „Ein Pferd und ein Hund." „Pferde transportieren wir nicht." „Doch. Die transportiert die Bahn." „Woher wollen Sie das wissen?" „Ich weiß es. Oder übernehmen Sie die Folgen eines gefährlichen Diebstahls?"

Irritiert schaut die Frau an dem Schalter den Mann an. Dann gibt sie die geforderten Tickets heraus. „Gute Reise." „Danke." Der Mann geht zum Eingang des Gebäudes. „Kommt, wir können fahren." Die beiden Tiere gehen ins Gebäude und folgen ihrem menschlichen Partner.

Sie erreichen die Bahn, die sie nach Süden bringt. Genauer nach München. Während die Tiere in einen Waggon für Gepäck gebracht werden, steigt der Mann in den Personenwaggon. Dort setzt er sich auf einen Platz, wo er auch Nachrichten erfahren kann.

Dann beginnt der Zug sich in Bewegung zu setzen. >Na, rollen tun wir ja schon. Fünf Stunden, dann dürften wir in München sein.< Django legt sich entspannt zurück und möchte ein Nikkerchen machen. Da klingt es an sein Ohr 'Hier die neuesten Nachrichten. Hamburg: Diebe haben einen sehr gefährlichen Kasten gestohlen. Dies geschah auf militärischem Gebiet.

Fraglich ist noch, wie die Diebe an die Informationen über den Kasten gelangt sind. Der Diebstahl fand über Nacht statt. >Klar über Nacht. Wann denn sonst? Am Tag ist doch viel zu viel Trubel.< denkt Django. Dann schläft er ein.

Eine junge Frau schaut in das Abteil und setzt sich zu dem Mann. Sie ist beim Zwischenstop des Zuges zugestiegen. Sie findet es interessant, wie der Mann gekleidet ist. Beim Betrachten muß die Frau grinsen. >Das kann nur einer sein. Nur Django läuft so rum.< Im Sonderwaggon war ein Fuchs eingestellt. Djangos Pferd. Den schwarzen Hund kannte die Frau nicht. Jetzt befinden sich zwei Pferde im Waggon.

Django hebt seinen Kopf ein wenig. Dann schnuppert er wie ein Hund. Der Duft kommt ihm bekannt vor. „Ist in Amerika wieder der Bürgerkrieg ausgebrochen oder schon wieder vorbei?" „Wieso?" „Den Duft hat nur eine Person." Ohne sich zu rühren fragt er „Wo kommst du denn her?" „Durch die Tür, wie jeder vernünftige Mensch." Sie ist nicht wie eine Grand Dame gekleidet. Eher wie eine Abenteurerin. „Wo willst du hin?" „Habe vor einigen Stunden die Nachrichten gehört. Es wurde ein kleiner Kasten geklaut." „Und? Was geht dich das an?" „Habe die Geschichte noch im Kopf, die mir mal ein guter Freund erzählt hat." Naja, Geschichten werden viel erzählt." „Stimmt. Aber nicht solche. Habe mir gedacht, daß du da hinterher bist." „So, gedacht hast du. Ja, ja, wenn Frauen denken, dann wird's gefährlich." Als Antwort erhält Django einen Tritt gegen seine Beine. „Was habe ich gesagt?"

„Inga, bist du zu Fuß oder ist ..." „Seh ich wie ne Fußgängerin aus? Klar habe ich ein Pferd mit. Nur Hexe ist nicht mit. Sie lebt nicht mehr." „Na, dann wird sie uns am Himmel begleiten." Django erhält einen Kuss. Verwundert schaut er das Mädchen an. „Hat das was zu bedeuten?" Inga grinst. „Von Hexe." „Ach so." „Was ist das für ein Hund neben Maybe?" „Mischung aus Schäferhund und Rottweiler." „Ist das deiner? Er liegt so dicht bei deiner Stute." „Zugelaufen. Paßt aber sehr gut auf." „Hat er einen Namen?" „Wie sieht er denn aus?" „Schwarz." „Auf englisch." „Black." „Siehst du, du weißt es doch. Was fragst du denn?" Wieder bekommt er einen Tritt. „Setz dich mal auf diese Seite." „Warum?" „Ist gesünder für meine Beine."

Plötzlich erhebt sich Django, packt die Frau am Arm und zieht sie auf seine Bank. „So, jetzt haben wir Ruhe vor Fußtritten." „Hey, was machst du?" „Hatte zwei Möglichkeiten. Habe die einfachste genommen." Beide sitzen nebeneinander. Es dauert nicht lange, da lehnt sich Inga an die männliche Schulter. Django grinst nur. Dann legt er seinen Arm um Inga.

„Wo fahren wir eigentlich hin?" „Gen Süden. Weiter weiß ich noch nicht." „Italien? Oder weiter runter?" „Nicht Italien. Erstmal nach Bayern und dann weitersehen." „Was die wohl mit dem Kasten machen wollen?" „Ganz einfach. Blödsinn." „Geht das auch genauer?" „Ja. Großen Blödsinn." „Was sind das nur für Leute?"

„Sag mir lieber mal, woher die von dem Kasten erfahren haben. Der stand nicht umsonst unter Sicherheitsgewahrsam." „Es muß denen jemand von der Sicherheit verraten haben. Und der muß auf dem Areal arbeiten." „Das ist nicht mein Bier. Um den kümmern sich andere. Die auch auf dem Revier arbeiten. Der wird schon sehen, was er davon hat." „Wie lange dauert die Fahrt?" „Bis wir da sind." Ein leiser Knuffi erreicht

Djangos Seite.Er zieht einfach seinen Arm, den er um Inga gelegt hat, fest an sich. Inga genießt es.

*

In einem kleinen Dorf im Bayerischen Wald sind mehrere Personen in einer kleinen Hütte versammelt. „So, Karl und Uli haben den Kasten bei sich und sind auf dem Weg hierher." „Wann sind die hier?" „Kann ich nicht sagen. Es kommt darauf an, wie oft sie ein anderes Auto brauchen." „Wie geht das weiter?" „Wenn die hier sind müssen wir hier verschwinden. Es darf keiner erfahren, wer wir sind und was wir wollen." „Wer aktiviert denn den Kasten?" „Das muß einer machen, der sich mit der Technik auskennt." „Und wer ist das?" „Ein Professor." „Wo holen wir den her?" „Den werden Kim und Anika holen." „Aha, und wo wollen wir hin?" „Wir werden nach Ungarn ziehen." „In die Pußta?" „Ja, die ist groß genug. Und man wird uns dort nicht so schnell finden. Legt euch jetzt schlafen. Einer hält Wache und wird alle 2 Stunden abgelöst. Wenn Karl und Uli eingetroffen sind, gebt mir Bescheid." Der Mann verläßt die Hütte und begibt sich in eine andere Kate. >Hoffentlich kommen Karl und Uli bald. Auf dem Weg hierher sind sie ja.<

Die anderen aus dem Clan begeben sich zur Ruhe. Einer bleibt wach und hält Wache. Nach zwei Stunden soll er abgelöst werden. Er steckt sich eine Zigarette an. Beim Ziehen hält er die Hand vor die Glut, damit man ihn nicht sieht. Die Zeit vergeht langsam.

Zwei Stunden sind vergangen, da öffnet sich die Tür der Hütte und ein breitschultriger Mann kommt raus. „So, Cliff, ich übernehme jetzt die Wache. Leg dich man schlafen. War was besonderes?" „Nö, nur drei Kaninchen sind da vorne rumgehoppelt. Sonst nichts. Gute Nacht." „Cliff, weißt du wie weit das denn bis Ungarn ist?" „Ca. 660 km." Cliff geht in die Hütte und legt sich schlafen.

Es sind eineinhalb Stunden seit dem Wachwechsel vergangen, da sieht der Wachhabende ganz schwache Lichtpunkte.
  >Sind das Karl und Uli? Wird ja auch langsam Zeit.< Die Punkte kommen langsam näher.

Es sind aber nicht Karl und Uli, die ankommen, sondern Kim und Anika. Die beiden haben sich erstmal ein geeignetes Auto besorgt. Sie fahren langsam, damit keiner bemerkt, wohin die Fahrt geht.

Das Fahrzeug bleibt im dunkeln stehen. Die beiden Frauen steigen aus. „Sind wir hier richtig beim Unternehmen Cobra?" „Wer will das wissen?" „Wir wurden angefordert vom General. Unser Auftrag soll ein Spezialauftrag sein. Wir unterstehen dem General direkt." „Dann seid ihr Kim und Anika." „Ja, das sind wir. Wo ist der General?"

Keiner hat bemerkt, das ein Mann von der Kate herangekommen ist. „Hier bin ich. Grüß euch beiden. Wie war die Fahrt hierher?" „Ruhig, General. Wir sind nicht schnell gefahren, um kein Auf-sehen zu erregen." „Das war eine clevere Idee von euch. Etwas von den anderen beiden unterwegs erfahren?" „Von Karl und Uli? Die haben den Kasten raus bekommen. In der Stadt ist jetzt bestimmt der Teufel los." Der General grinst nur. „Kommt mit ihr beiden hübschen." Er dreht sich um und geht in Richtung der Kate. Der Wachhabende betrachtet die Silhouetten der beiden Frauen. >Hübsch sind die beiden tatsächlich.<

Der General erreicht mit den beiden Frauen die Kate und betritt sie. Drinnen deutet er den beiden an sich auf Stühlen zu setzen. „So, ihr beiden, hier sind wir unter uns. Was wollt ihr trinken?" Anika nimmt sich eine Flasche Bier, während Kim zur Selters greift. „Ihr wißt schon, was euer Auftrag ist?" „Nein, das wissen wir noch nicht." „Ihr sollt mir einen Professor besorgen, der den kleinen Kasten, den die beiden geholt haben, wieder aktivieren kann." „Wenn's weiter nichts ist. Eins der leichtesten Übungen für uns. Müssen nur wissen, wo dieser Professor zu finden ist."

Der General grinst. >Das sind die richtigen Mädels.< „Nun, einer wohnt in Frankreich." Die beiden Frauen schauen sich an. Nach Frankreich also. Dort waren sie noch nie. „Und wann sollen wir los?" „Es reicht, wenn ihr morgen früh los fahrt. Für heute legt euch schlafen." „Wo, General?" Der Mann schaut sich um „Na, hier. Nicht drüben bei den Jungs." „Und sie?" „Ich schlaf auch hier. Es ist hier für euch sicherer."

Die beiden Frauen schauen sich um und beginnen dann sich ihr Nachtlager herzurichten. Der General hat sich sein Feldbett auf-gebaut und liegt darin.

Es sind seit dem Eintreffen der Damen vier Stunden vergangen. Da kommt ein Geländewagen mit hoher Geschwindigkeit bei dem Lager an. Vor der großen Hütte bleibt das Fahrzeug stehen. Die Wache hat bereits eine Waffe gezogen und war schußbereit.

Da steigt Karl aus dem Geländewagen. „Hallo, endlich haben wir es geschafft. Der Kasten befindet sich auf dem Fußteil des Fonds, damit er nicht runter fällt. Wo ist der Boß?" „Der General schläft. Sag mal, hast schon mal was von langsam ans Camp
fahren gehört? Kommst hier ran geschossen, als wärst die Bullen." „Bleib locker. Die haben nichts bemerkt. Und gefolgt ist uns auch keiner." „Jedenfalls hast keinen bemerkt." „Mensch, im Dunkeln, sieht man doch, ob einer hinter dir herkommt." „Wo ist Uli?" „Der schläft im Auto." „Dann bring mal den Kas-ten in die Hütte. Aber leise. Die pennen alle."

Karl geht zum Geländewagen zurück und holt den kleinen Kasten heraus. Dann geht er leise in die Hütte um keinen zu wecken. Uli hört die Geräusche der Fahrzeugtür und öffnet seine Augen. Schnell erkennt er, daß er allein ist. Dann sieht er den Wachposten. „Wo sind wir hier denn?" fragt er. „Im Camp. Karl ist schon mit dem Kasten in die Hütte gegangen. Kannst dich auch rein begeben. Schläft sich dort wohl besser als im Auto."

Uli steigt aus dem Fahrzeug und geht zur Hütte. Vor der Tür fragt er „Wie lange sind wir denn schon hier?" „Ihr seid man gerade mal fünf Minuten hier. Karl ist ja gefahren wie ein bekloppter. Hätte faßt geschossen."

Uli nickt nur und geht in die Hütte. Drinnen sucht er sich einen freien Platz, wo er sich hinlegen kann. Neben dem Tresen findet er noch einen geeigneten Platz. Geht dort hin, legt sich nieder und schaut auf die Uhr. Es dauert noch bis der neue Tag erwacht.

Die Neuankömmlinge haben gerade zwei Stunden geschlafen, als die Tür geöffnet wird. Herein kommen der General und die beiden Damen. „Ihr beiden frühstückt jetzt und dann macht ihr euch auf die Tour den Professor Pierre Dumont aus Paris zu holen. Ihr braucht euch nicht zu beeilen. Hier wird das Camp heute abgebaut. Wir ziehen nach Ungarn in die Pußta. Dort kommt ihr mit dem Professor hin."

Die beiden Damen haben sich Brot und Belag zusammen gesucht. Auch der Kaffee ist fast fertig. „Und wie erfahren wir den genauen Standort?" „Den teile ich euch per Handy mit, wenn es soweit ist."

Der Kaffeeduft weckt die ersten Kameraden. „Hallo, ah es gibt Kaffee." „Dieser hier ist für die Damen, die gleich los müssen um den Professor zu holen." Der Aufgewachte reibt sich die Augen, geht in die Küche und setzt neuen Kaffee auf. Dann geht er ins Bad und macht sich frisch. Als er zurück kommt, sind noch mehr wach geworden. „Der Kaffee ist noch nicht so weit. Und ob er für alle reicht, ist fraglich." „Da ist ja wohl noch etwas im Schrank." Einer der Jungs schaut in den Schränken nach. Er findet noch eine Packung. Dann macht er noch weiteren Kaffee fertig, da nach und nach alle aufwachen.

Der General schaut sich seine Garde an. „So, Jungs, wie ich sehe sind Karl und Uli auch eingetroffen. Wo ist der Kasten?" Karl erhebt sich, geht zum Tresen und greift in die Schublade. „Hier ist das gute Stück. General." Er gibt dem Boß den kleinen Kasten. „Ja, gib ihn mir man, bevor ihr noch Dummheiten macht."

Der General nimmt den Kasten und steckt ihn in seine Manteltasche.

„Kim und Anika werden sich gleich auf die Reise nach Paris machen. Ihr habt jetzt ca. zwei Stunden um zu Frühstücken und den Aufbruch vor zubereiten." Der General verläßt mit den beiden Damen die Hütte.

Die Jungs schauen sich an. Dann auf ihre Uhren. In zwei Stunden geht es also weiter. Ab nach Ungarn.

*

Django und Inga sind in München angekommen. Nachdem sie den Bahnhof mit ihren Tieren verlassen haben, sind sie aus München herausgeritten. „Django, wo mögen die Banditen jetzt sein?" „Gute Frage. Schätze mal die haben sich irgendwo in der Gegend ein Camp aufgeschlagen. Wo, weiß ich auch noch nicht." „Also, meinst du wo sie sich verstecken können. Hier ist doch alles landwirtschaftlich verbaut. Da wäre eine Waldgegend idealer." „Ein Waldgebiet? Da fällt mir nur eins ein. Der Bayerische Wald. Los, Maybe, auf zum Bayerischen Wald." „Kennst du den Weg dorthin?" „Du nicht? Wald ist immer da, wo viele Bäume sind. Keine Obstbäume. Dann bist auf ner Obstplantage." „Könnte dir dafür einen Tritt verpassen." „Geht nicht. Verlierst den Steigbügel."

Die beiden reiten in Richtung Bayerischer Wald. Nach einigen Stunden haben sie den Waldrand erreicht. „Ich sehe den Wald vor lauter Bäumen nicht." „Wir sind am Wald. Finden wir jetzt Hinweise auf die Banausen, wäre es schon mal ein Vorteil." „Was denn für Hinweise? Meinst du, das irgend jemand die gesehen hat?" „Ich habe von Hinweisen gesprochen, Inga, nicht von Zeugen." „Also Spuren suchen." „Ja, aber keine Hufab-drücke. Eher Reifenspuren." „Meinst du, wir haben eine Chance die zu finden?" „Ja. Die haben zwar Fahrzeuge, müssen aber immer breite Wege und möglichst feste Straßen nutzen. Wir, mit den Pferden, können einfach über Feld und Flur reiten." „Was ein Bauer wohl sagen wird, wenn er sieht, daß wir über seine Felder reiten." „Wir machen ihm ja nichts kaputt, sondern reiten in der Treckerspur. Das ist zulässig."

Nach ein paar Stunden werden schwache Spuren sichtbar, die eigentlich nicht auf diesen Boden gehören. „Hier sind schwache Spuren. Das könnte etwas sein?" Die Spur wird gründlich untersucht. „Dürfte von einem schweren Fahrzeug stammen." „Ein Traktor? Oder etwas anderes?" „Kein Traktor. Die Spur der Vorderräder ist nicht gleich mit den Hinterrädern beim Traktor. Das sieht eher nach einem Geländewagen aus." „Und ein Lastwagen?" „Was sollen die mit einem Lastwagen? Der Kasten, den die geklaut haben, paßt in deine Handtasche." „Siehst du eine bei mir?" „Du weißt, was ich meine."

Die beiden sitzen auf und reiten der Spur nach in den Wald. Die Spur führt sehr weit in den Wald hinein. Dann entdecken die beiden Reiter die Hütte und die Kate. Auch die Spuren werden deutlicher. „Aha, hier war eine ganze Horde. Es sind also ein paar Autos. Folglich sind es auch einige Personen." „Aber nicht nur männliche." „Ach so, ich habe einen Scout bei mir." „Nicht nur du kannst Spuren lesen. Ich auch."

Inga spürt eine starke Hand an ihrem Hinterkopf. Kurz darauf erhält sie einen Kuß. „Was war das denn eben?" „Die Anerkennung fürs Spurenlesen." „Mach das noch mal." Diesmal klatscht es auf ihren Hintern. „Hey, was ist denn jetzt?" „Das

31

war zum Aufwachen. Du fängst sonst an zu träumen."

Sie gehen zu der Hütte. Gehen hinein, während die Pferde die Zeit nutzen, um einige Grasbüschel zu fressen. Black ist mit in die Hütte. Drinnen muß er erstmal nießen. „Hast recht, Black. Hier wurde nicht gelüftet. Nur rumgelungert." „Und gegessen, geraucht, gesoffen ..."

Sie untersuchen die Hütte eingehend. „Ich geh mal zu der Kate rüber. Vielleicht ist da mehr zu finden." Django geht rüber zur Kate. Dort sieht er, daß hier nur drei Personen drin waren. Der Hund ist ihm gefolgt. Auch hier wird alles genau untersucht. >Sieht aufgeräumter aus als drüben.<

Plötzlich fiebt Black leise. Ein Zeichen, das er etwas gefunden hat. Dann streckt er seinen Kopf zu Django und zeigt ihm den Fund.

„Na, was hast du gefunden?" Django nimmt das Fundstück dem Hund ab. >Aha, ein Ohrring. Also war hier eine weibliche Per-son.< Er streichelt den Hund zur Belohnung. Sie suchen weiter.

In einem Papierkorb sind etliche Papierreste. Ein großes Papier wurde nur zerknüllt. Django nimmt es heraus und schaut, was es beinhaltet.

Die Tür der Kate geht auf und Inga kommt herein. „Außer Dreck und Gestank ist in der Hütte nichts zu finden." „Dafür hier mehr. Black hat dies gefunden." Inga wird der Ohrring hingehalten. „Ist nicht meiner. Aber das kann von einer Frau, aber auch von einem Mann sein." „Ich weiß, daß einige

Männer Ohrringe tragen. Besonders auf einer Seite. Aber ich habe hier ein Papier gefunden, das ist schon interessanter." „Eine Zeitung?" „So etwas ähnliches. Sieht nach einem Abdruck einer Skizze aus."

„Jedenfalls wissen wir, wo die hin sind." „Wohin denn?" „Wenn ich das richtig deute, wollen die Piroschka besuchen." „Wer ist das denn?" „Kennst du nicht den Film 'Ich denke oft an Piroschka' mit Liselotte Pulver?" „Meine Eltern haben den mal im Fernsehen gesehen. Spielte in Ungarn." „Siehste, da wollen die Banditen hin. Nach Ungarn. Das wäre dann – moment mal – in die Richtung."

„Aber erstmal essen wir. Oder?" „Wieso? Hast du gekocht?" „Noch nicht, aber hier sind noch Lebensmittel. Und zu trinken auch." „Na, dann fang mal an zu zaubern. Ich werde mich noch weiter umschauen. Black, kommst mit? Deine Nase ist unersetzbar."

Django und der Hund verlassen die Kate. Draußen hat der Hund sofort seine Nase am Boden und schnuppert. Jedes Gebüsch, jeder Fleck wird genau untersucht. >Aha, hier sind welche mit Stöckelschuhen gelaufen. Spur endet hier. Stand ein Auto. Die Damen sind also nicht nach Ungarn.< Black bellt einmal auf. Django geht zu ihm. „Na, was hast gefunden?"

Die Stelle, wo der Hund hin zeigt, weißt etwas rötliches auf. Es scheint Blut zu sein. „Gut gemacht, Black. Aber die haben noch keine fremde Person in ihrer Gewalt. Und der Kasten gibt kein Blut von sich. Kann sich also nur einer von denen sich selbst verletzt haben."

Bei der Kate geht die Tür auf „Essen ist fertig." Der Mann und Hund begeben sich zur Kate. „Dann wollen wir mal sehen, was die Zauberin vollbracht hat." Sie setzen sich an den einzigen Tisch der Kate."Riechen tut das schon gut. Hoffentlich schmeckt das auch."

Die beiden Reiter beginnen zu essen. „Was war denn draußen los? Black hat gebellt." „Er hatte etwas gefunden. Aber das kann nur von einer Verletzung der eigenen Leute gewesen sein. Gefangene gibt es nicht. Aber ich habe herausgefunden, daß die Damen nicht nach Ungarn unterwegst sind. Die müssen einen anderen Auftrag haben." „Müssen wir uns trennen, um das heraus zu bekommen?" „Ne, das werden wir noch früh genug erfahren."

Sie räumen den Tisch nach dem Essen ab. „Abwaschen brauchst nicht, Inga. Das juckt eh keinen hier." „Was ist denn jetzt? Du hast es auf einmal eilig." „Los, wir müssen los. Die sind in zwei verschiedene Richtungen unterwegs." „Also trennen wir uns?" „Ja, aber nur von diesem Ort. Auf geht's nach Osten." „DDR? Oder Russland?" „Weder noch. Der Skizze nach geht's in die Pußta."

Die beiden verlassen die Kate, machen ihre Pferde fertig und reiten gen Osten. „Was du nicht alles aus einer Skizze erkennst." „Tja, meine Liebe, lesen muß man können." „Was suchst du denn jetzt bei mir?" „Die Streifen. Ein Streifen = ich kann schreiben. 2 Streifen = ich kann lesen. 3 Streifen = ich kann schreiben und lesen." „Meine Streifen siehst du, wenn wir unter einer Decke sind." „Also auf deinem Arsch. Wer hat sie dir denn da verpaßt?" „Der Kluge genießt und schweig." „Du und klug? Und dann keine Skizzen lesen können."

Die beiden Reiter lassen ihre Pferde in Galopp fallen. Sie müssen heute unbedingt einiges an Strecke schaffen.

*

Der BMW rast über die Autobahn A 4. Es ist ein grauer Tag. Der Verkehr ist etwas zähflüssig, doch noch rollen die Autos. Ab und an huscht der Scheibenwischer übers Glas. Ein Zeichen, das einige Tropfen vom Himmel fallen. Anika sitzt auf dem Beifah-rersitz und schläft. Vor einer Stunde haben die beiden Frauen Fahrerwechsel gemacht. Kim steuert den BMW sicher. Das Au-toradio gibt leise Musik von sich.

Kim schaut zu ihrer Beifahrerin und schmunzelt. >Ja, schlaf mal schön. Bist ja ganz schön flott gefahren. Jetzt schon kurz vor Saarbrücken. Kim schaut auf den Tafeln ob sie den Ort Reims findet. Sie muß plötzlich scharf bremsen, weil ein Fahrzeug vor ihr langsamer wird.

Kim schaut in den Rückspiegel. Dort hinten ist alles ruhig. Dann versucht sie den Grund des langsamer werdens zu erkennen. Außer Fahrzeugen, die vor ihr die Fahrstreifen wechseln kann sie nichts erkennen.

Das Fahrzeug direkt vor ihr wird immer langsamer. >Na, mein Freund, hättest vor 2 km zur Tankstelle ran müssen. Jetzt hast kein Sprit mehr.> Der Fahrer versucht verzweifelt eine geeignete Stelle zum Halten zu finden.

Kim schaut kurz in den linken Außenspiegel und zieht dann nach links um an dem langsamen Fahrzeug vorbei zu fahren. Von hinten kommt ein blauer Mercedes heran gejagt. Beginnt mit der Lichthupe. >Wichser, erst lange pennenn und dann auf der Autobahn drängeln.< Der Mercedesfahrer wird ungeduldig und beginnt ein lautes Hupkonzert. Dabei fährt er immer dicht auf, daß sich die Stoßstangen fast berühren und läßt sich wieder fallen.

Kim ist eine gute Autofahrerin und läßt sich durch derartige Spielchen nicht aus der Ruhe bringen. Vor ihr sind noch zu viele andere Verkehrsteilnehmer, so daß sie dem Drängler nicht ihre wahre Fahrkunst zeigen kann. Sie dürfen bei ihrem Auftrag kein unnützes Risiko eingehen, bzw. Aufsehen erregen. Doch dem Drängler würde Kim zu gern zeigen, was Sache ist. Immerhin hat sie Ralleyerfahrung.

Es dauert noch einige Kilometer bis man den Ort Reims auf Schildern lesen kann. Kim schaut in den Rückspiegel und sieht das genervte Gesicht des Mercedesfahrers. Dann kommt ein Schild, das einen Parkplatz mit Toilette anzeigt. Kim ordnet sich rechts ein, da sie unbedingt aufs Klo muß. Da rauscht der blaue Mercedes an ihr vorbei. Der Fahrer zeigt ihr einen Vogel und droht ihr mit der Faust.

>Hast wohl Kopfschmerzen.< murmelt Kim. „Ne, wieso?" kommt es plötzlich von rechts. Erschrocken schaut Kim zu ihrer Beifahrerin. „Hab ich dich geweckt?" „Nö, wollt nur mal sehen, wo wir sind." „Eben fuhr die ganze Zeit ein blauer Mercedes hinter uns. Kam mit sehr hoher Geschwindigkeit an und machte dann Lichthupe. Fuhr sehr dicht auf, lies sich wieder fallen. Und fing das Spiel von vorne an. Dann fing er an zu hupen. Und eben, beim Wechsel zeigte er mir einen Vogel. Den habe ich ge-meint mit den Kopfschmerzen." „Ach so. Wenn's weiter nichts ist." „Du bist gut. Wenn's weiter nichts ist.

Wenn er nun bei seinem Spielchen einen Crash mit uns gemacht hätte. Was dann?" „Ist ja gut. Ist ja nichts passiert."

Anika dreht sich um und schläft weiter. Kim schüttelt nur den Kopf >Ist ja nichts passiert.< Dann stellt sie den BMW auf eine Stellfläche nahe des Toilettengebäudes. Steigt aus und schließt das Auto ab. Anika bleibt im Auto und schläft weiter.

Nach kurzer Zeit ist Kim wieder zurück. Öffnet das Auto und steigt ein, um weiterzufahren. „Na, Kim, wieder auf den Weg in den Urlaub?" hört sie seitlich von ihr. Sie schaut sich vorsichtig um. >Wer spricht dich denn hier mit Namen an? Hast doch keinen Bekannten gesehen.< Sie schaut sich nach dem Sprecher um. Da entdeckt sie den Mann, der sie angesprochen hat. „Hey Kurt. Nein, ich bin nicht auf der Tour in den Urlaub. Meine Schwester muß nach Frankreich zu einem wichtigen Termin."

„Ach so, ich dachte ihr seid auf Urlaubstour. Was ist das denn für ein Termin?" „Sie hat dort ein Vorstellungsgespräch. Was genau, weiß ich nicht. Tut mir Leid Kurt, ich muß jetzt weiter, sonst kommt sie zu spät an. Das will ich nicht."

„Vor zwei Stunden wurde ein blauer Mercedes geklaut. Hast du den vielleicht gesehen?" „Ein blauer Mercedes? Ja, da kam einer mit hoher Geschwindigkeit vorhin hinter mir an. Machte Lichthupe und fuhr ganz dicht auf, lies sich wieder fallen und wiederholte das Spielchen. Wie wir hier auf den Parkplatz fuhren, brauste er an uns vorbei. Der Fahrer zeigte mir noch einen Vogel und drohte mit der Faust. Warum fragst du?"

Kurt kommt jetzt näher an Kim heran. „Weil wir den Wagen

suchen." Er zeigt Kim einen Ausweis. Beim Blick auf den Ausweis bleibt ihr fast der Atem stehen. Polizei. „Du bist bei der Polizei?" „Ja. Und das schon einige Jahre. Bin jetzt in einer Spezialeinheit." „Aha. Und wie so fragst du mich gerade?" „Weil wir uns doch kennen. Und wie ich sehe, bist du mit einem anderen Modell unterwegs." Kurt wendet sich vom Kim ab und geht.

Kim muß erstmal durchatmen. >Ihr Ex bei der Polizei. Dass kann ja noch heiter werden. Wenn er erst erfährt, was ihr Clan geplant hat. Hoffentlich kommt er ihr nicht nach Paris nach.< Kim setzt sich in den BMW, startet den Motor und fährt los. „Kim, war was?" klingt es an ihr Ohr. „Ne, ich war auf Toilette." „Und der Typ eben?" „Das war mein Ex. Der hat mich nach einem blauen Mercedes gefragt." „Und da bist du leichenblaß geworden?" „Ne, daß war wegen dem Ausweis, den er mir gezeigt hat. Er ist Polizist. Aber das wußte ich nicht." „Aber hinter uns ist er nicht her?" „Ne, hinter dem Mercedes. Der wurde geklaut." „Naja, dies ist ein BMW. Auch geklaut. Aber das weiß er vielleicht noch nicht." „Kurt hat mir erzählt, daß er in einer Spezialeinheit ist." „Aha, da kommen wir der Sache schon näher." Die Fahrt der beiden ist ruhig. Der Verkehr ebenfalls.

Nach eineinhalb Stunden haben die beiden Frauen Paris erreicht. „So, jetzt sind wir in Paris. Der Stadt der Liebe." „Komm jetzt nicht mit solchen Frasen. Stadt der Liebe. Warte mal, muß mal den Zettel mit der Adresse des Professors suchen." „Hoffentlich hast du ihn nicht weggeworfen." „Ne, hab ich nicht." Anika kramt in ihrer Handtassche rum. „Ah, da ist er ja. So, wo müssen wir hin? In die Rue de la Grande-Truanderie Nr. 103." „Wo ist die Straße denn? Hast du einen

Stadtplan?" „Ne, was besseres. Navigationsgerät. Wo sind wir hier?" „Auf der Straße." Für die Antwort erhält Kim ein paar leichte Schläge auf ihre Ober-schenkel. „Für dich ist das nicht die Stadt der Liebe, sondern die Stadt der Hiebe." „Aua, Aua, Mensch Anika, ich weiß doch nicht wie diese Straße heißt."

Anika entdeckt ein Straßenschild. „Nimm mal den Fuß vom Gas. Oder hast du einen Krampf im Fuß?" Kim bremst abrupt und bleibt neben dem Straßenschild stehen. Die Fahrzeuge hinter ihr können gerade noch das Schlimmste verhindern. „So hart hättest auch nicht bremsen müssen. Aber jetzt kann ich es richtig lesen. Quai Francois-Mitterand. So, das ist eingegeben. Und jetzt die Zieladresse. Da haben wir's. Mal das Navi vorne anbringen, daß du es während der Fahrt sehen kannst."

Sie finden eine geeignete Stelle und bringen das Navi schnell an, damit sie weiter können. Dann fährt Kim vorsichtig wieder an und orientiert sich am Navi. Derweil sich Anika wieder schlafen legt.

Die Fahrt durch Paris Straßen dauert ca. 20 Minuten, dann steht der BMW vor der Hausnummer 103 in der Rue de la Grande-Truanderie.

„Wir sind da. Komm aussteigen, Anika." Anika reibt sich die Augen. „O, Haus 103. Na, dann wollen wir mal den Professor holen." „Und seine Tochter."

Die beiden Frauen steigen aus dem Fahrzeug und gehen zur Haustür. Anika legt ihren Zeigefinger auf den blanken Klingelknopf. Sie läßt den Finger extra lange drauf.

Von innen ist zu hören, daß jemand kommt. „Ja, ja, ich komm ja schon." Dann wird die Haustür geöffnet. „Bonjour, die Damen. Was kann ich für Sie tun?" Als Antwort kommt nur „Sind sie Professor Dumont?" „Nein, die Da-men. Ich bin der Hausdiener. Monseur Dumont sitzt auf der Terrasse beim Frühstück. Wen darf ich ..." Der Hausdiener wird schroff zur Seite gestoßen und die Frauen gehen schnurstracks auf die Terrasse. Dort sitzt ein Mann am Tisch und frühstückt. „Professor Dumont?"

„Ja, das bin ich." Der Professor dreht sich zu den beiden um. Der Hausdiener erscheint in der Terrassentür. „Monseur Dumont, ich ..." Weiter kommt er nicht. Er sieht, wie die Frauen den Professor an den Armen packen und ihn mitnehmen. „Wo ist ihre Tochter?" „Wwas wwollen sie von mir? Was ist mit Lina?" „Wo ist sie?" Der Hausdiener sagt „Fräulein Lina ist in ihrem Zimmer. Sie schläft noch." „Wo ist das Zimmer?" fragt Kim. Der Hausdiener zeigt nach oben „Die Treppe rauf und das dritte Zimmer." Kim stürmt die Treppe hoch und läuft zur dritten Tür. Ohne anzuklopfen betritt sie das Zimmer und schaut sich um.

Im Bett liegt eine Person. Kim zieht ihr die Decke weg „Aufstehen, anziehen und mitkommen." Lina blinzelt verstört und weiß noch gar nicht was überhaupt los ist. „Los, aufstehen, anziehen und mitkommen" herrscht Kim das Mädchen an.

Lina steigt aus dem Bett, greift nach ihren Klamotten und will ins Bad. „Ne, ne, das gibt's nicht. Anziehen und dann mitkom-men." Lina zieht sich langsam an. Als sie gerade ihre Schuhe an hat, ergreift Kim sie am Arm und zerrt sie aus dem Zimmer. Dann verlassen alle vier das Haus und steigen in den BMW.

Der Hausdiener ruft noch „Ich ruf die Polizei." Da fällt ein Schuß und das Hemd des Hausdieners färbt sich schnell rot. Bevor der Hausdiener das Haus wieder betreten konnte, hatte Anika den Revolver gezogen und ihn kurzerhand erschossen.

Der BMW setzt sich in Bewegung um Paris schneller zu verlassen als sie gekommen waren. Jetzt zeigt Kim, die wieder fährt, ihre Fahrerqualität. Mit sehr hoher Geschwindigkeit steuert sie das Fahrzeug durch die Straßen von Paris. Die Richtung ist erst mal wieder Reims.

*

Der General hat seinen Männern einen klaren Befehl gegeben. „Drei Fahrzeuge fahren über die Tschechei nach Ungarn. Aber es wird vernünftig gefahren. Keine Rennen und es wird auch sonst kein Aufsehen erregt. Folgende Fahrzeuge werden über die Tschechei-Route gehen: Mercedes, VW Passat und Citroen. Der Rest fährt die zweite Route. Die führt über Österreich. Noch Fragen?"

Die Männer schauen sich an. Wer fährt denn nun in welchem Fahrzeug? Der General fragt da „Wer hat die Schlüssel für den Mercedes, wer für den Passat und wer für den Citroen?" Drei Männer treten vor. „Sucht euch eure Mitfahrer aus. Und dann Abfahrt. Der Rest verteilt sich auf die restlichen Fahr-zeuge."

Die Fahrer der Fahrzeuge suchen sich ihre Mitfahrer aus und begeben sich zu den Fahrzeugen. An das Aufräumen der Ge-bäude denkt keiner. Alle räumen ihre Sachen und Geräte zu-sammen und laufen zu ihren Fahrzeugen.

Da fragt einer plötzlich „General, wer nimmt denn jetzt den

kleinen Kasten mit?" Die Antwort kommt kurz „Ich. Bevor einer von euch noch Dummheiten macht." Er steigt in seinen Land Rover und fährt los in Richtung Österreich. Außer einem Mercedes Kombi, der VW Passat und der Citroen folgen alle dem Land Rover.

Die drei anderen Fahrzeuge fahren in Richtung tschechische Grenze. Diese haben sie nach wenigen Kilometern erreicht. Aber bis Ungarn ist es noch sehr weit. Da kann noch allerhand passieren. Doch sie haben Befehl sich ruhig zu verhalten.

In jedem Fahrzeug sitzen vier Personen. Doch nur jeweils zwei dürfen die Fahrzeuge im Wechsel fahren.

Karl und Uli sind im Trupp, das über Österreich nach Ungarn fährt. Das Fahrzeug, das sie zuletzt hatten, wurde bei Seite geschafft. Sie sitzen nun in einem der robusten Fahrzeuge. Diese sind nicht so von der Straße geklaut. Sie wurden extra bestellt. Doch die Bezahlung steht noch aus.

„Karl, bei wem fahren wir denn mit? Beim General" „Der Chef nimmt doch keinen von uns mit. Der ist immer allein im Auto. Hat aber auch seinen Vorteil." „Und welchen?" „Wenn er verduften muß, braucht er auf keinen zu warten." „Dann ist er ja immer allein." „Hat seine Vor- und Nachteile." „Welche Vorteile hat es denn?" „Er braucht auf keinen zu warten, wenn es los geht. Er setzt sich in seinen Land Rover und fährt los" „Aber wir sollen doch mit ihm kommen." „Ja, dann müssen die, die mit kommen sollen eben schneller in Gang kommen." „Zum Glück brauchen wir jetzt nicht mehr selbst für ein Auto sorgen. Nur einsteigen ins Fahrzeug."

Der kleine Trott an Pkws ist schnell Richtung Österreich ab-
gefahren. Von den Fahrzeugen, die über die Tschechei fahren,
ist nichts zu sehen. Es herrscht die Anordnung 'keine Kolonne
bilden'. So müssen die Fahrzeuge immer in verschiedenen
Abständen fahren oder sich zeitweise gegenseitig überholen.
Auch den General müssen sie zeitweise überholen. Doch die
verschiedenen Stops kennen sie. Dort treffen sie sich immer
wieder. Es könnte ja neue Anweisungen geben. Ihr oberstes
Gebot heißt zur Zeit 'kein Aufsehen erregen'. Was heißt: es darf
nirgends irgendwie geschossen werden, oder sonst irgend etwas
unnormales geschehen. Alle fragen sich was die beiden Frauen
in Paris erreicht haben.

Nur der General in seinem Land Rover zieht genüßlich an
seiner Pfeife. Er raucht schon sehr lange Pfeife. Hat ja einen
Vorteil: man kann die glühende Pfeife in die Tasche stecken,
wenn es nötig ist. Das ist mit einer Zigarette bzw. Zigarre nicht
möglich. Seine Gedanken sind auch bei Kim und Anika. Sein
Gefühl sagt ihm, daß sie ihren Auftrag problemlos geschafft
haben. Es wird zwar dauern, bis sie in Ungarn zusammenkom-
men, aber es wird klappen.

Die beiden Frauen haben Anweisung mit dem Professor und
seiner Tochter über Österreich nach Ungarn zu fahren. Müssen
es jedoch so organisieren, daß sie keine Schwierigkeiten bekommen. Aber Kim und Anika sind ja Profis.

Der General nimmt einen langen Zug an seiner Pfeife, die er
auch im Auto rauchen kann. Er ist bis jetzt mit seiner Planung
zufrieden.

Der gestohlene kleine Kasten befindet sich in einem Aluköfferchen. So ist er vor neugierigen Blicken sicher. Der Koffer befindet sich im Auto des Generals unter dem Beifahrersitz. So ist auch der Koffer vor eventuellen Neugierigen geschützt.

Das Tempo des Generals ist nicht schnell. Er fährt eine Durchschnittsgeschwindigkeit von 120 km/h. Auf diese Art ist er nicht verdächtig. Von Zeit zu Zeit wird er von seinen Teammitgliedern überholt. Und er fährt wieder nach einer unbestimmten Zeit an ihnen vorbei.

Der andere Trupp, der über die Tschechei fährt, ist auch von Frauenau losgefahren. Sie haben sich in drei Gruppen aufgeteilt. Jede Gruppe hat eine andere Route nach Prag. Zwei Routen führen über Pribram, Dobris nach Prag. Das sind die beiden kürzesten Strecken. Sind jedoch keine Schnellstraßen. Die dritte Strecke führt durch Klatovy nach Pilsen und dort auf die E 50. Die Teilstrecke ist eine Schnellstraße.

Durch diese Aufteilung können sich die Mitglieder nicht gegenseitig heiß machen und eventuell Rennen veranstalten.

Jede Gruppe fährt ein ruhiges Tempo, damit es zu keinen Komplikationen kommen kann. Dennoch sind sie gespannt, wie es im Zielort in Ungarn weiter geht. Haben die beiden Frauen den Professor und seine Tochter? Ging alles bei ihnen glatt? Das sind Fragen, die den Menschen in den Fahrzeugen durch den Kopf gehen.

Es wurde abgesprochen, daß sie sich in Prag treffen und dort gemeinsam essen wollten. Der Mercedes hat die Strecke über Pilsen. Der Citroen die Strecke Blatna, Pribram, Dobris …
und der VW Passat hat die dritte Strecke.

Der Citroen ist zu erst in Prag angekommen. Sie suchen einen geeigneten Treffpunkt, um ihn den anderen Kameraden mitzuteilen. Nach einer halben Stunde haben sie einen Parkplatz an einem kleinen Wald gefunden. Sie stellen ihren Citroen so ab, das kein Verdacht aufkommen kann. Dann werden die Kameraden informiert.

Die Männer mit dem VW Passat benötigen noch eine viertel Stunde. Dann sind auch sie in Prag. Dank der präzisen Beschreibung der Parkplatzlage sind sie schnell bei ihren Kollegen. „Wie lange brauchen die Mercedesfahrer noch?" „Die sind in einer Stunde hier. Waren in einem Stau. Ist aber nichts weiter passiert." „Na, dann warten wir auf den dritten Wagen." „Und dann gibt es ein gemeinsames Essen." „Wo?" „Können ja mal eine Lokalität aussuchen." „Dickes Restaurant oder Frittenbude?" „Kleine Kneipe tut es auch. Wird dann auch billiger als Restaurant." „Meinst du?" „Ja. Wir sollen ja kein Aufsehen erregen." Die Männer gehen auf Suche. Einer bleibt bei den Fahr-zeugen und wartet auf den Rest.

Es klingelt ein Handy. Es ist das von dem bei den Fahrzeugen. „Ja? Wer ist da?" „Jan, wir sind es. Wir sind jetzt 50 Kilometer vor Prag. Wie müssen wir denn fahren, um zu dem Parkplatz zu kommen?" „In die Altstadt. Einen günstigeren haben wir nicht gefunden." „Ok, bis gleich."

Es vergehen ein paar Minuten. Dann ist der Mercedes zu sehen. Jan gibt ein Winkzeichen. Dann sind die letzten des dreier Teams mit ihrem Fahrzeug bei den anderen. „Die anderen sind schon mal vor zum Restaurant. Kommt, wir folgen ihnen." „Ja,kurz etwas essen und dann geht es weiter nach Ungarn." „Warum so eilig?" „Der General ist bereits in Ungarn. Aber

45

noch nicht am Zielort." „Und die Damen mit dem Professor?" „Sind über die Grenze nach Österreich. Wie weit sie dort sind, weiß ich nicht." „So, wie Kim fahren kann, haben die auch bald die Grenze nach Ungarn erreicht." „Deshalb müssen wir auch schnell weiter." „Da vorne ist das Restaurant." Sie gehen gemeinsam ins Lokal und setzen sich zu ihren Kameraden.

*

In Wien fährt der Zug aus München ein. Die Passagiere, die nur bis Wien fahren wollten, verlassen den Zug. Auch zwei Reiter mit ihren Tieren verlassen den Zug.

„So, in Wien sind wir jetzt. Wie geht es wei-ter?" „Per Pferd. Jetzt wieder einen Zug neh-men, wäre nicht richtig." „Aber wie wollen wir die Bande und den Kasten denn finden?" „Das finden wir schon. Man keine Angst. Immerhin muß noch jemand gefunden werden, der den Kasten aktivieren kann." „Und wenn die schon einen gefunden haben?" „Muß der erstmal den Kasten aktivieren." „Meinst du, sie haben kein Druckmittel für die Person?" „Und wenn, so schnell geht das auch nicht. Schwing dich in den Sattel und dann mal Abteilung Marsch."

Die beiden Reiter steigen in die Sättel und reiten langsam durch Wiens Straßen. Der Weg der beiden führt sie in Richtung Grenze Ungarn. Django überlegt wo die Banditen sich treffen werden, um den gefährlichen Kasten für ganz gemeine Unternehmungen zu aktivieren. Er muß den Ort, die Banditen und den Kasten unbedingt finden. Sie dürfen gar nicht erst die Möglichkeit erhalten, den Kasten für Vernichtungen anzuwenden.

Ohne das er seinem Pferd eine Reiterhilfe zur Tempoerhöhung gibt, wird das Tempo erhöht. Inga folgt den beiden. >Er hat es aber ziemlich eilig. Gut, es ist auch nicht so einfach Banditen mit einem gefährlichen Kasten zu finden. Wir sind zwei. Wie viel sind die Banditen? Allein können wir es nicht schaffen.<

„Na, Inga, magst nicht neben mir reiten? Du machst dir schon wieder Gedanken." Das Mädchen ist neben ihrem Freund geritten. „Wie viele sind die Banditen? Weißt du das?" „Zu viele. Einer ist schon zu viel." „Den Spuren im Bayerischen Wald zufolge müssen es 10 oder mehr an Personen sein." „Hey, hast einen Blitzkurs im Spurenlesen besucht? Es sind eher mehr als 10." „Und die willst du alle besiegen? Im Alleingang." „Ich bin nicht allein. Du bist nicht die einzige, die mir hilft." „Wo sind denn die anderen?" „Wenn es so weit ist, sind sie da." „Und wo kommen die her?" „Glaub mir, die sind schon da." „Wo sind die schon da?" „In Ungarn. Oder denkst du, die Ungarn lassen sich ihr Land vernichten?" Inga schüttelt ihren Kopf. >Wo holt der nur den Optimismus her?< „Man muß immer positiv denken. Wenn das nicht drin ist, kannst du dein Vorhaben gleich vergessen." „Gedanken lesen kannst du auch. Gibt es noch mehr versteckte Talente bei dir, die ich nicht kenne?"

„Weiß nicht. Müssen wir abwarten." „Wie weit ist das noch bis zur Grenze?" „Kommt drauf an, wie schnell wir reiten. Im Schritt dauert es länger als im Trab oder Galopp. Ich überlasse Maybe die Tem-powahl. Sie kennt ihre Kräfte am besten." „Habe ich gemerkt. Zog in Wien ab wie eine Rakete. Galoppi Galoppi Galopp." „Hat aber schon etwas gebracht an Strecke. Sie ist von allein in Trab gefallen." „Das ist ja fast Renntrab bei ihr. Ist da Isi mit drin?" „Nein. Sie ist Dänisches Warmblut." „Naja, mein Quarter Horse kommt ja noch mit." „Was mek-

47

kerst du dann? Die Pferde verstehen sich gut." „Ich mecker ja nicht. Und wir beide verstehen uns auch gut." „Tja, da hast du recht."

Die Reiter erreichen ein kleines Wäldchen. Nach kurzem Umschauen steigen die Reiter von den Pferden. Der Hund untersucht die Gegend nach eventuellen Überraschungen. Kehrt aber beruhigt zurück. „Na, Black, alles in Ordnung?" „Er hätte ja auch gleich Holz für Feuer mitbringen können." „Er hatte kein Schenning dabei." „Was ist das denn?" „Was?" „Schenning." „Sag bloß du kennst kein Schenning?" „Ne, was ist das nun?" „Ein Schenning ist ein Korb, mit dem man Holz sammeln kann." „Aha. Und was für eine Sprache?" „Plattdeutsch." „Ach so. Kein Englisch." „Ne, englisch kann ich nicht. Das weißt du doch." „Und mit Plattdeutsch kommst du überall durch?" „Jedenfalls in Holland, Belgien, Dänemark. Norddeutschland." „Dann sprichst du mit Maybe platt." Die Antwort ist ein Klaps auf ihren Hintern.

Ein kleines Feuer ist entfacht. Inga holt das Kaffeegeschirr hervor und macht für beide einen guten Kaffee fertig. Django hat das Sattelzeug zusammengelegt und die Pferde abgerieben.

„Danke, das du mein Pferd abgerieben hast. Dafür kriegst auch einen heißen Kaffee." „Man kann sich auch mal die Arbeit teilen. Einer kümmert sich um die Pferde und der andere um Kaffee und Essen." Inga reicht dem Mann seinen Kaffeebecher. „Trinken kannst alleine?" „Hey, das ist mein Spruch." „Jetzt nicht mehr. Jetzt ist das unser Spruch."

Die beiden setzen sich nebeneinander. „Ist doch gut, das wir uns immer noch verstehen. Auch, wenn wir nicht zusammen sind." „Dann wäre es nicht so." Inga schmiegt sich an dem Mann.

Black schaut etwas irritiert. „Keine Angst, Black, du wirst nicht vergessen. Komm her." Der Hund rutscht zu den beiden Reitern und legt seinen Kopf auf Djangos Oberschenkel.

„Bist du dir sicher, das die Ungarn uns helfen?" „Sicher bin ich mir nicht. Aber ich denke, wenn die erfahren, was dort gespielt wird, werden sie auf unserer Seite sein." „Woher nimmst du nur deinen Optimismus? Was ist, wenn sie uns nicht helfen?" „Dann müssen wir das allein erledigen." „Allein gegen 15 Banditen. Das kann ja heiter werden." „Kommst jetzt mit dem Wetterbericht? Für heute oder für morgen?"

Inga sucht das Geschirr zusammen. „Geschirrspüler gibt es hier nicht." „Kannst du ja machen. Dann hab ich einen." „Nö, nicht Black, wir nehmen den Frauen nicht die Arbeit weg."

Django nimmt den Hund in den Arm und schläft ein bißchen. Derweil kommt Inga mit dem gereinigten Geschirr zurück und verstaut es wieder. Dann legt sie sich zu den beiden schlafenden.

Plötzlich spitzt der Hund seine Ohren. Die Pferde heben ihre Köpfe. Da war doch was? Es knackt im Unterholz. Irgend etwas kommt auf das kleine Lager zu. Der Hund liegt ganz still. Doch seine Sinne sind auf Alarmstellung.

Maybe schnaubt leise. >Ich habe es vernommen, Mädel< brummt Django. Inga schaut sich um, kann aber nichts erkennen. Die Schritte und das Knacken von Unterholz kommen näher.

„Irgendwo müssen die hier sein. Ich riech doch Feuer." „Ja, das riech ich auch. Aber die haben sich dann gut versteckt." „Eben hat ein Pferd geschnaubt." „Aber zu sehen ist keins." „Komm, wir gehen mal zur Feuerstelle. Vielleicht sehen wir dann besser, wo sie sind." „Ein Hund muß auch dabei sein." „Hat noch keiner gebellt oder geknurrt."

Dann treten zwei Männer in die Lichtung und an die Feuerstelle. Ein metallisches Knacken läßt die beiden zusammen zukken. „Was habt ihr vor? Zu essen und trinken gibt es nichts mehr." Einer will sich umdrehen. „Das würde ich bleiben lassen, sonst macht es aua zwischen den Beinen. Black versteht da keinen Spaß." „Bist du es Django? Wir haben nur Spuren von drei Tieren gesehen. Zwei Pferde und ein Hund." „So, zwei Pferde und ein Hund. Und was schließt ihr daraus?" „Das Django und Inga hier sein müssen. Die sind bestimmt hinter den Banditen her, die in Deutschland einen kleinen Kasten geklaut haben." „Woher wißt ihr das? Stand es in der Zeitung?"

„Können wir uns umdrehen, ohne gleich entmannt zu werden?" Django streicht dem Hund über den Kopf. Das Zeichen für Black, sich zu entspannen. Die beiden Männer drehen sich um. Jetzt erkennt Django die beiden. „Wwas macht ihr denn hier?" kommt es verwundert von Django. Inga schaut den Mann neben sich an. „Du kennst die beiden?" „Ja, das sind Burk und Reini. Zwei alte Schulkameraden." „Wir haben das mit dem Diebstahl eines kleinen gefährlichen Kasten gehört und sind auf der Suche nach den Dieben. Und was macht ihr hier in dieser Gegend? Urlaub mit Pferden?" „Sehen wir wie Urlauber aus? Ne, wir sind auch hinter den Banditen her. Dann seid ihr sozusagen Detektive?"

Burk und Reini setzen sich zu Django und Inga. „Ja, wir sind Detektive. Und wir meinen, die Banditen sind auf dem Weg nach Ungarn." „Da meint ihr richtig. Ein Trupp fährt über Österreich und der zweite über Tschechei." „Woher wißt ihr das?" „Tja, Reini, lesen muß man können. In diesem Fall Spuren lesen. Das haben uns nämlich die Spuren im Bayer Wald verraten. Und ..." Django holt eine Karte aus seiner Tasche hervor. „... diese Karte." Die beiden Detektive schauen sich die Karte an. „Wo hast die denn her? Das ist ja interessesant. Eine Karte, die den nächsten Aufenthaltsort verrät." „Die Karte lag in der Kate im Bayer Wald auf dem Tisch." „Aha, wann habt ihr die denn gefunden?" „Vor 36 Stunden. Und jetzt haben wir hier Pause gemacht, bevor wir nach Ungarn rüber wechseln. Wo sind eure Tiere?" „Wir sind nicht beritten. Unser Auto steht 15 Minuten von hier. Wollten nicht mit dem Fahrzeug hier ran fahren. Das hätte zu viel Lärm gemacht."

„Habt ihr gehört Black, Maybe, das hätte zu viel Lärm gemacht. Mensch Jungs, Black war kurz davor euch anzuspringen. Zu viel Lärm." Django schüttelt den Kopf. „Ahnen ja nicht, daß ihr mit Tieren hier seid. Wir waren vor 12 Stunden dort. Haben aber nichts weiter gefunden." „Die Karte haben wir ja auch."

Burk holt seine Autokarte hervor und schaut dann die Karte mit dem Aufenthaltsort in Ungarn an. Mit einem Stift zeichnet er die neue Position ein. Ebenso die kürzeste Fahrstrecke. Dann gibt er die Karte zurück. „Gut, dann werden wir mal wieder zu unserem Fahrzeug zurück gehen. Treffen uns dann in Ungarn wieder." Die beiden Detektive verabschieden sich und machen sich auf den Weg zu ihrem Auto.

„Na, Inga, da ist schon mal Verstärkung. Die sind zwar motorisiert, aber ist schon mal ein Anfang." „Ja, vielleicht ist das auch gut, das die motorisiert sind. Könnte hilfreich sein."

Die beiden Reiter erheben sich und bereiten ihren Weitermarsch vor.

*

Mit rascher Geschwindigkeit nähert sich ein Fahrzeug der Deutsch-Österreichischen Grenze. Im Fond des Fahrzeugs sitzen ein Mann und eine junge Frau. Beide sind an den Händen gebunden. Sie wissen nicht, warum sie in diesem Wagen sind. G-fangen. Jede Frage von ihnen wird mit Schweigen beantwortet. Der jungen Frau rinnen Tränen durchs Gesicht. Sie hat Angst vor dem Ungewissen. Der Mann versteht nicht, warum er keine Antwort von den bei-den Frauen vor ihm erhält. Warum er so gewaltsam aus seinem Haus entführt wurden. Nur eines ist ihm gewiss - mit diesen Frauen ist nicht zu spaßen. Sie gehen über Leichen. Hört er doch noch den Schuß, der seinen Hausdiener tötete.

„Anika, was meinst du, wo der General jetzt sein könnte?" „Der läßt sich Zeit. Ist bestimmt noch in Österreich. Ist ja nicht mehr weit bis Ungarn. Ach, ich freu mich schon. Schön am See in der Sonne liegen." „Ja, und dazu einen Cuba Libre." „Spinnst du? Einen schönen roten Balaton." „Kannst du ja trinken. Ich nehme einen Cuba Libre. Dazu im Bikini direkt am See liegen."

Der Mann hat die Worte der beiden gehört. >Aha, nach Ungarn geht es also. Und eine Person, den sie General nennen, ist offensichtlich der Boß der beiden. Aber, was sollen Lina und ich denn?< So sehr er überlegt, was der Grund seiner Entführung ist. Er kann sich das nicht erklären.

Anika schaut sich nach hinten um und mustert Lina. >Gut ist sie ja gebaut. Aus der mache ich noch etwas brauchbares.< Lina hat die Blicke von Anika mitbekommen. Es ekelt sie an, wie die Frau sie mustert. Mit ihren Blicken zieht die Frau das Mädchen ja förmlich aus. Lina weiß nicht, daß sie mit ihren Gedanken über Anika völlig richtig liegt.

Auch Kim schaut hin und wieder in den Rückspiegel, um Lina anzusehen. Sie kann aber nur das ängstliche Gesicht des Mädchens sehen. Ein schmales hübsches Gesicht hat die Gefangene.

„Wie weit ist das denn noch bis Wien?" „Och, das dauert noch. Sind doch erst bei Linz. In der Wachau werden wir mal ein Päuschen einlegen." „Ja, einen Kaffee könnte ich jetzt gebrauchen." „Einen Braunen mit Oberst?" „Ein Brauner genügt. Sahne brauch ich nicht."

„Was kriegen die beiden hinten zu trinken?" „Mal sehen. Vielleicht ein Glas Wasser." Der Wagen mit den vier Insassen fährt in ruhigem Tempo in Richtung Wachau.

„Anika, wir könnten uns doch auch ein Glas Wein gönnen." „Und dann den Führerschein wegen Trunkenheit am Steuer verlieren? Ne, wir trinken Kaffee." „Schade, hatte mich schon auf ein Glas Wein gefreut." „Das können wir dann in Ungarn trinken. Dort bleiben wir ja eine Weile." „Stimmt. Dort treffen wir ja wieder den Rest der Truppe. Und unser männlicher Fahrgast hat da ja dann etwas wichtiges zu tun." Bei den letzten Worten schauen die beiden Frauen den Professor im Fond an. Aber auch seine Tochter.

Es dauerte eine Stunde bis sie die Wachau erreicht haben. „In Krems werden wir Pause machen und Kaffee trinken." „In welchem Restaurant oder Cafe?" „Mal sehen. Müssen das Fahrzeug ja so abstellen, daß niemand das Auto sieht und die hinten sitzenden." „Stimmt. Wo wäre dann eine gute Gelegenheit?" „Gasthaus „Zur Post" in der Fußgängerzone. Das Auto stellen wir im Parkhaus Felsengarten ab." „Das ist eine gute Idee."

Die vier fahren nach Krems. Kim hat schnell den Weg zum Parkhaus Felsengarten gefunden. An der Einfahrt ist ein Schlagbaum, der sich erst öffnet, wenn man ein Parkticket gezogen hat. Der BMW fährt ins Parkhaus hinein. Sie stellen das Auto in der zweiten Etage ab. „So, ihr beiden. Wir gehen jetzt in den Ort und ihr bleibt schön hier. Macht uns keine Schwierigkeiten." „Bekommen wir denn nichts zu trinken? Wir haben auch Durst." kommt es vom Professor Dumont. „Ihr bekommt euer Getränk, wenn wir wieder kommen." „Hier ist es ja nicht zu heiß. Steht ja nicht in der Sonne." Mit diesen Worten gehen die beiden Frauen in den schönen Ort Krems.

Pierre Dumont und seine Tochter Lina bleiben im BMW zurück. Sich bewegen können sie nicht, da sie an den Händen gefesselt sind. So können sie keine Fluchtversuche unternehmen. „Die Frauen haben mich immer während der Fahrt so eigenartig an-geschaut. Ich hatte das Gefühl, sie ziehen mich mit ihren Blicken aus." „Ich habe das auch bemerkt, Lina. Kann mir aber keinen Reim daraus machen. Weshalb haben die uns überhaupt entführt?" „Gestern abend in der Disco habe ich gehört, daß in Deutschland ein kleiner Kasten geklaut wurde. Wer das gemacht hat, konnte keiner sagen. Der kleine Kasten soll sehr gefährlich sein." „Ach her je. Ein kleiner Kasten. Der sehr gefährlich sein soll. Der muß dann ja in einem besonderen Sicherheitstrack gewesen sein." „Ja. In einem militärischem Gebiet." „Ich weiß, daß früher in den 70er Jahren jemand einen Kasten gebaut hat und damit seine Diplomarbeit bestanden hat." „Was ist das denn für ein Kasten? Was kann man damit machen?" „Wenn es wirklich der Kasten ist, dann sind das Terrorristen, mit denen wir zu tun haben." „Papa, ich habe Angst." „Nicht nur du. Ich auch."

Die beiden schauen sich um, ob nicht mal einer zu sehen ist, der sein Auto abgestellt hat. Doch außer der Dunkelheit im Parkhaus ist nichts zu sehen.

„Ich muß mal pinkeln." „Ich auch. Aber wie kommen wir raus? Da bleibt uns erstmal nichts anderes übrig, als in die Hosen zu machen." „Igitt, wie eglig. Aber hast wohl recht." Die beiden begeben sich wieder in ihr Schicksal.

Es sind gut zwei Stunden vergangen seit dem Anika und Kim zum Kaffee trinken gegangen sind. Jetzt kommen sie zurück. Anika hat eine kleine Flasche Selters in der Hand. Die ist für Professor Dumont und seiner Tochter gedacht.

Die beiden im Fond des BMW sehen die beiden Frauen nicht, da sie eingeschlafen sind. Durch das geräuschvolle öffnen der Türen werden die beiden wach. Ein seltsamer Geruch steigt den Frauen in die Nase. Kim öffnet die hintere Tür auf der linken Seite. Da sieht sie bei Lina einen dunklen Fleck auf der Hose. Genau zwischen den Beinen. „Was ist das denn? Das kleine Luder hat in unseren BMW gepißt." Sie packt Lina am Arm und zerrt sie aus dem Wagen. Dann dreht sie das Mädchen um, mit dem Gesicht zum Wagen. „Los, Beine auseinander." herrscht sie das Mädchen an. Lina spreizt ihre Beine. Dann merkt sie eine Hand fühlend zwischen den Beinen.

„Anika, die ist zwischen den Beinen total naß. Na, dir werde ich es zeigen." Mit diesen Worten zieht sie Lina die nasse Hose runter. Dann greift sie Lina in die Haare. „Weißt du, was mit kleinen Mädchen passiert, die sich in die Hosen machen?" Lina schluckt nur. Sie weiß nicht was mit ihr geschehen wird.

„Aber wir hatten doch keine andere Möglichkeit." sagt Dumont. „Ach, wir hat der Herr gesagt." kommt es von Anika. Sie zerrt nun den Professor aus den Wagen und sieht, daß auch er in die Hosen gemacht hat. „Schau dir das an, Kim. Er hat auch die Hosen voll."

Kim schaut gar nicht zu den beiden. Sie hat Lina die Hose runtergezogen und tastet nun den Hintern des Mädchens ab. Er ist schön fest. „So, so, Papas Mädchen ist ein kleines Schweinchen. Macht noch in die Hosen." Lina spürt die Hand, die über ihren Hintern gleitet und immer mal hinein kneift. „Jetzt wird die Kleine erfahren, was passiert, wenn es in meinen Wagen macht." Dann spürt Lina einen kräftigen Schlag auf ihren Hintern. Sie preßt die Lippen fest zusammen. Dann kommen immer mehr und härtere Schläge auf ihren Hintern. Sie kommen so hart, daß Lina es nicht mehr ertragen kann. Sie beginnt zu jammern. „Bitte aufhören. Es tut weh." Die Schläge auf ihren Hintern werden noch mal verstärkt. „Das auch noch. Das Mädchen fängt an zu jammern. Warte."

Kim zieht dem Mädchen jetzt das Höschen runter und setzt die Bestrafung auf den nackten Hintern von Lina fort. Lina beginnt jetzt richtig an zu heulen. Der Po wurde ihr noch nie verdroschen. Es schmerzt höllisch.

„Dir werde ich jetzt den nackten Arsch so lange bearbeiten, bis du nicht mehr an 'in die Hose machen denkst'." Linas Schreie werden lauter. Dann beginnt sie zu heulen.

Plötzlich ist die Qual vorbei und Kim zieht dem Mädchen die Hosen wieder hoch. Dann schubst sie Lina wieder in den Fond des BMW. Auch Professor Dumont setzt wich wieder in den Wagen. Anika und Kim steigen ein. Der Motor wird gestartet und dann geht die Fahrt weiter.

Die Seltersflasche, die für die Gefangenen gedacht war, wird von Anika einfach auf die Straße geworfen. „Leute, die in die Hosen machen, brauchen nichts zu trinken."

Dumont sieht die Flasche auf der Straße liegen und beginnt zu weinen. >Unmenschjlich sind die. Einfach unmenschlich. Das werde ich dem Chef sagen.< Er schaut zu seiner Tochter, die heftig weint. Einmal, weil sie Durst hat und kein Trinken und dann, weil ihr der Hintern von den erhaltenen Schlägen sehr schmerzt. Was werden die beiden noch mit ihr anstellen? Lina hat sehr große Angst. Ihr Vater hätte sie gern in den Arm genommen, doch wegen der Fesselung geht das nicht.

Seit der Kaffeepause sind eineinhalb Stunden vergangen. Vor

dem BMW erscheint das Ortsschild Wien. „Wien. Endlich sind wir in der österreichischen Hauptstadt. Jetzt müssen wir nur noch den General finden." „Er hatte mir gesagt, daß er sich in der Nähe des Praters aufhalten würde." „Na, dann auf zum Prater."

Es ist zu dieser Zeit nicht einfach durch Wien zu kommen. Es ist Rush Hour. Bis zum Prater benötigen sie eine dreiviertel Stunde. Der Zufall hilft bei der Parkplatzsuche. Eine Limosine verläßt gerade ihren Standplatz und der BMW fährt hinein.

„Das wäre geschafft. Jetzt noch den General finden." „Das ist auch nicht schwierig. Da vorne steht er. An der Eingangskasse." >Na, dem werde ich gleich mal erzählen, wie die Frauen uns behandelt haben.< denkt Dumont. Die Tür an seiner Seite öffnet sich. „Aussteigen und umdrehen." dringt es an sein Ohr. Während ihm die Armfessel abgenommen werden hört er „Wehe sie erzählen dem General etwas. Denken sie an ihr Töchterlein." Professor Dumont muß stark schlucken. Damit hat er nicht gerechnet.

Auch Lina wird aus dem Auto geholt. Und während ihr die Fesseln abgenommen werden, hört sie nur „Wehe du verräts etwas." Dann spürt sie eine Hand an ihrem schmerzenden Hintern. Sie zuckt zusammen. Dann gehen alle vier gemeinsam zur Eingangskasse.

„Ja, wen haben wir denn da? Professor Dumont und seine reizende Tochter." werden sie von dem General begrüßt. Lina steht so, daß ihr Vater sie sehen kann, wenn er antwortet. „Guten Tag." Der General reicht beiden die Hand. „Hatten sie eine angenehme Fahrt?"

Bevor Dumont antwortet schaut er zu seiner Tochter und bemerkt, daß sie ihr Gesicht verzieht. Der Grund dafür, eine kneifende Hand an ihrem Hintern. „Ja, das hatten wir." kommt die Antwort kurz. „Das freut mich. Einen Kaffee oder lieber ein Glas Wein?" >Endlich was zu trinken.< denkt der Professor. „Einen Kaffee, wenn es recht ist. Auch für meine Tochter." Der General bestellt zwei Kaffee.

Zu den beiden Frauen sagt er „Wir fahren um 18 Uhr weiter. Die anderen sind auf der Tour von Prag her. Wieso sind die beiden im Schritt naß" „Sie haben sich in die Hosen gemacht." Der General nickt nur. Dann fragt er Anika „Mußte das in Paris sein?" „Er wollte die Polizei rufen. Da blieb keine andere Wahl." Der General dreht sich wortlos um.

Die beiden Gefangenen trinken ihren Kaffee langsam. Sie hoffen, so etwas Zeit heraus zu schinden, um eine Möglichkeit der Flucht zu überlegen. Doch da steht der General neben den beiden. „Na, ihr beiden, schmeckt der Kaffee?" Dumont schaut den Mann neben sich an. „Ja, Monseur. Er schmeckt sehr gut." „Dann können wir ja weiter. Kommen sie. Beide." „Aber, wir haben unseren Kaffee noch nicht aus." protestiert Dumont. „Euer Pech. Jetzt geht es weiter. Los, bewegt euch." Vater und Tochter nehmen noch schnell einen Schluck und folgen dem General. Anika bleibt hinten, damit alle mitkommen.

Lina versucht sich vor ihren Vater zu schieben, damit keine der Frauen an ihren schmerzenden Hintern fassen kann. Kim und Anika grinsen darüber.

Nach einigen Minuten sind alle beim BMW angekommen. „Los, einsteigen." Pierre Dumont will erst protestieren. Läßt es jedoch, um seine Tochter zu schonen. „Hände her." Wieder werden ihnen die Hände gebunden. Diesmal aber vor deren Körper.

Der Professor ist etwas erleichtert. >Aha, die Hände sind vorne. Vielleicht ...< Doch da wird sein linker Arm an den rechten Arm seiner Tochter gebunden. >Mist.< denkt er. Nun sind Vater und Tochter zusammengebunden.

Derweil verzerrt Lina ihr Gesicht vor Schmerzen, die von ihrem Hintern kommen. >Die hat mir den Po ganz schön versohlt. Warum nur?<

Der BMW folgt dem Geländewagen des Generals. So geht es hinaus aus Österreichs Hauptstadt. Die Richtung ist Ungarn. Wie lange sie für die Fahrt brauchen, hängt von der Verkehrslage ab. Aufsehen dürfen sie keins erregen.

Der Trupp, der über die Tschechei nach Ungarn fährt befindet sich zur Zeit in der Slowakei. Bisher hatten sie Glück. Es gab keine Zwischenfälle. Wohl mal bei einem eine Reifenpanne. Doch die war schnell behoben. Sie fahren nicht schnell und jagen sich nicht gegenseitig. Alle halten sich an den Befehl des Generals.

„Ob die Mädels den Professor und seine Tochter ohne Probleme erwischt haben und mitbringen?" „Sag mal, hast du die ganze Zeit gepennt? Sie haben den Professor und seine Tochter. Aber es gab einen Toten." „Ach du Scheiße. Wen hat es denn erwischt?" „Den Hausdiener. Lag erschossen vor dem Haus." „Das war garantiert Anika. Die ist immer so schnell mit der Pistole." „Ist doch egal, wer es war. Jedenfalls ein Toter zu viel." „Na, Anika wird schon ihren Grund dafür gehabt haben."

„Wo die wohl jetzt sind?" „Kann ich dir sagen. Beim General. Die wollten sich in Wien treffen und dann nach Ungarn fahren." „Wo sollen wir da überhaupt hin?" „Mensch, Klaus, wir sollen nach Slofok an den Balaton." „Prima, dann können wir endlich Wein trinken. Schönen Balaton Wein. Du, ich freu mich schon drauf." „Was machen wir, wenn der Professor den Kasten nicht aktivieren will?" „Der wird ihn schon aktivieren. Meinst du, er kann es ab, wenn sein Töchterlein gequält wird?"

„So, wie ich die beiden Mädels einschätze, haben sie dem Professor eine Kostprobe verabreicht." „Du meinst, sie haben das Madl schon mal gequält."

„Kim fackelt nicht lange. Wer bei ihr nicht spurt, bekommt den Arsch verdroschen. So lange, bis er nicht mehr sitzen kann." „Na, dann Prost Mahlzeit." „Hast du schon Erfahrung mit ihr gesammelt? Weil du so genau Bescheid weißt." „Ich habe es gesehen. Ihr wurde eine Frau gebracht, die ihr etwas über eine bestimmte Sache erzählen sollte. Als die sich weigerte, hat Kim sie kurzerhand ausgezogen, an den Händen hochgebunden und dann hat die Frau Schläge bekommen. Erst mit nem Gurt, dann Gerte und letztendlich mit dem Stock. Bis der Arsch der Frau mit tiefen Striemen übersät und tief rot war." „Und hat die Frau geredet?" „Nach drei solcher 'Sitzungen ja." „Man ist das eine harte Frau."

„Anika ist nicht viel besser." „Habe ich schon gehört. Läuft es nicht nach ihrer Nase, macht es Bum und du fällst um." „Jetzt weißt du, warum sie der General bei sich hat."

Die Fahrzeuge erreichen die Hälfte der Strecke nach Slofok. Befinden sich also mitten in der Slowakei. Einige Kilometer vor Bratislava passiert dem Mercedes eine Panne. Der linke Vorderreifen platzt. Kai, der Fahrer, schafft es noch das Fahrzeug in Ruhe an den Straßenrand zu stoppen. „Mist. Das hat gerade noch gefehlt. Reifenpanne." Sie steigen aus und schauen im Kofferraum nach, ob ein Reserverad vorhanden ist. Es ist ein Reifen im Kofferraum. Schnell wird er heraus geholt. Doch dann machen die beiden ein langes Gesicht. Der Reifen im Kofferraum ist auch defekt.

„Wer macht denn so etwas? Einen defekten Reifen im Kofferraum." „Vielleicht sollte man beim Autoklau auch die Reservereifen überprüfen." „Kannst du ja beim nächsten Wagen machen. Wenn ein Auto geklaut wird, muß es schnell gehen. Da kann man nicht vorher nachschauen, ob das Reserverad in Ordnung ist." „Dann mußt du dich auch nicht Wundern, wenn solche Pannen passieren. Was machen wir jetzt?" „Na was wohl? Ein anderes Auto besorgen. Was denn sonst?" „Und wo?" „Na, irgendwo wird ja wohl ein fahrbares Auto stehen." „Ja, dann wandern wir mal zum nächsten Autoklau."

Kai und sein Kumpan lassen den Mercedes einfach stehen und gehen zu Fuß weiter in die Richtung, die sie ohne hin drauf hatten.

Eine Stunde ist seit der Reifenpanne vergangen. Doch die beiden haben noch kein anderes Auto gefunden. „Hoffentlich finden wir bald ein anderes Auto. Ich kann bald nicht mehr laufen." „Es gibt doch keinen vernünftigen Menschen, der sein Fahrzeug hier an der Strasse abstellt." „Mit anderen Worten, wir müssen bis zum nächsten Ort zu Fuß gehen. Naja, jedenfalls regnet es nicht oder schneit und friert. So ist das denn trocken." „Wenn dich das denn tröstet." Die beiden wandern weiter.

Kurz vor Bratislava, es wären noch ca. 5 Kilometer zu gehen, steht ein Pkw an der Straßenseite. Kai geht schnellen Schrittes hin. Er schaut sich um, ob jemand bemerkt, daß er an dem Pkw ist. Doch es ist niemand zu sehen. Ein Test an der Fahrertür. Sie geht nicht auf. Kai geht um das Auto herum und testet die Beifahrertür. Auch sie geht nicht auf.

Kai geht schnell wieder zur Fahrerseite. Dort nimmt er sein kleines 'Notwerkzeug' aus seiner Tasche und sucht nach den richtigen Hilfsmittel. Eine dünne schmale Spitze muß es sein. Damit bekommt er ein Auto auf, daß keinen Knopf zum Verriegeln hat. „Wo ist sie denn jetzt?"

In der Zwischenzeit ist sein Kumpan heran. „Was suchst du denn?" „Die kleine dünne Spitze zum Auto öffnen." „Ist das die hier?" Sein Kumpan hält die Spitze in den Fingern. „Wieso hast du sie denn?" „Hast du das letzte mal liegen gelassen. Wie du den Mercedes geöffnet hattest, ist sie dir runter gefallen."

„Mensch Fred, wenn ich dich nicht hätte." „Das sagst du jetzt. Aber vorhin hättest mich doch vergasen können." Mit wenigen Griffen ist das Auto geöffnet. Kai steigt ein und öffnet die Beifahrertür „Darf ich bitten?" „Da sag ich nicht nein." „Bist ja froh, daß du nicht mehr laufen mußt." „Jetzt aber schnell weg. Haben schon genug Zeit verloren." Kai schafft das Kurzschließen der Zündung schnell. Der Motor springt an. Und ab geht die Fahrt.

„Was der Eigentümer wohl sagen wird?" „Fluchen wird er. Ganz fürchterlich fluchen." „Ja und die Polizei rufen." „Egal, wir haben das Auto und wir brauchen das Auto."

Kai schaut in den Rückspiegel und beginnt zu grinsen. „Was grinst du denn jetzt?" „Da hinten läuft uns einer nach. Winkt und flucht. Ich glaube, wir haben seinen Wagen." Fred schaut nach hinten und sieht den winkenden Mann. Schnell kurbelt er das Fenster herunter und winkt zurück. „Danke. Und tschüß." „Ach winken tust ihm auch noch?" „Man muß sich doch bedanken."

Erst jetzt betrachten sie das gestohlene Auto. Es ist ein Mercedes. „Aha, Kai, einmal Mercedes, immer Mercedes. Nur eine bessere Ausstattung diesmal." Der nächste hat dann goldene Griffe. Extra für Fred." „Gibt es so was überhaupt? Autos mit goldenen Griffen?" „Du glaubst auch noch an den Weihnachtsmann, wie?" „Ha ha."

Der gestohlene Mercedes rauscht mit voller Fahrt nach Bratislava. „Wollten wir nicht die Innenstadt meiden?" „Keine Zeit für Umwege." Die Fahrt ist zwar flott, aber sie halten sich an die Vorschriften.

Der Passat und der Citroen haben die Hauptstadt umfahren. Sie sind jetzt kurz vor der Grenze Slowakei/Ungarn. Uwe, der den Passat fährt, fragt über Funk beim Citroen an „Habt ihr etwas vom Mercedes gesehen oder gehört?" „Bei der Abfahrt in Prag haben wir die Rückleuchten noch gesehen. Aber dann nichts mehr. Und gehört auch nicht." „Na, die werden es schon schaffen." „Was?" „Na, nach Slofok." „Vielleicht sind die ja schon da." „Ne, die mußten irgendwo noch tanken. Der Sprit reichte nicht mehr ganz." „Es war doch ein Diesel." „Auch der Tank reicht nicht für ewig." „Und bei uns?" „Wir müssen auch noch tanken." „Da vorne ist eine Tank-stelle." „Muß erst wissen, wie der Tankverschluß aufgeht. Manche sind abschließbar." „Dann halt doch mal an. Ich schau mal." „Nicht hier, wo alle zuschauen können."

Der Passat fährt in eine Seitenstraße, wo kein Betrieb ist. Dann steigt Uwe aus und schaut sich den Tankverschluß an. Er ist nur mit einem Knopfdruck zu entriegeln. Also keine besondere Schwierigkeit. Dann fahren sie zu einer Tankstelle in der Nähe. Schnell ist der Tank gefüllt. Die Zapfsäule weißt einen Betrag in Höhe von 80,-- € auf. „Hast du 80 €?" „Ne, wofür?" „Der Sprit kostet so viel." „Und jetzt?" „Einsteigen und losfahren. Kann der Eigentümer die Rechnung begleichen."

Nach dem sie getankt haben können sie auch schnell die Stadt verlassen. Ab Richtung Grenze nach Ungarn. „Na, dann haben wir das ja bald geschafft. Jetzt nur noch nach Slofok an den Balaton See. Und hoffen, daß der General noch nicht da ist." „Der wartet doch in Wien auf die beiden Frauen mit dem Professor. Was der wohl soll?" „Den Kasten aktivieren. Oder kannst du das? Hast du Ahnung von Lasertechnik?" „Ne, das habe ich nicht. Was kann man denn damit machen?" „Mit Lasertechnik? So allerhand. Zum Beispiel Flugzeuge vom Him-mel holen. Oder Orte platt machen." „Oh hau-aha. Das hört sich ja richtig gefährlich an." „Ist das auch. Aber das gute ist, es fällt kein Schuß. Nur auf den Knopf drücken und es ist erledigt." „Dann brauchen wir die Bleispritzen also nicht." „Doch, noch ja. Noch ist das nur ein kleiner Kasten. Keine gefährliche Waffe." „Wollen hoffen, daß der Professor mit-macht." „Wird er. Wird er. Sonst leidet seine Tochter. Und das kann er nicht ab."

Der Passat und der Citroen erreichen den großen berühmten Urlaubssee von Ungarn. Nach Slofok sind es nur noch wenige Kilometer. Dann sind sie in Slofok. Jetzt noch das neue Domizil finden. Es soll ja ein Haus direkt am See sein.

Und da passiert das Malör. Uwe schaut einem hübschen Mädchen nach anstatt auf die Straße zu achten. Rumms hat er einen Lastwagen die Vorfahrt genommen. Der Lastwagen hat so viel Schwung drauf, daß der Passat ein paar Meter geschoben wird. Uwe springt aus dem Wagen und schreit den Fahrer des Lastwagens an „Kannst nicht aufpassen? Ich hatte Vorfahrt. Den Führerschein auf dem Jahrmarkt gewonnen?" Doch der Fahrer versteht ihn nicht. Er kann kein deutsch.

Ein Passant, der den Unfall gesehen hat kommt hinzu."Sie sind Deutscher?" „Ja, aber der Fahrer hat seinen Führerschein wohl auf dem Jahrmarkt gewonnen. Fährt mir einfach in die Seite." „Also, an dem Unfall sind Sie schuld. Und nicht der Lastwagenfahrer. Sie haben einem Mädchen nachgesehen und nicht auf den Verkehr geachtet." „Das wird ja immer schöner. Mir die Schuld zu geben. Wer bist du überhaupt? Und was mischst du dich überhaupt ein?" „Frage 1: ich bin hier der Leiter der Polizeibehörde. Frage 2: ich habe alles beobachtet. Und drittens haben sie mich nicht zu duzen. Verstanden?"

>Upps, das hat ja gleich richtig hingehauen. Den Leiter der Polizeistation gleich vor der Nase.< „Das kann ja jeder behaupten, daß er der Leiter der Polizeibehörde ist. Haben ja keine Uniform an." Der Leiter hält nun Uwe seinen Dienstausweis vor die Nase. „Wie sie sehen, bin ich Polizist. Und Uniform

brauche ich nur in der Dienstzeit an haben. Ich bin aber auf dem Wege zur Station. Und sie werden gleich mitkommen." Uwe muß heftig schlucken. „Das geht doch nicht. Der Wagen muß doch von der Straße ..." „Doch, das geht. Um den Passat kümmern sich meine Kollegen."

Uwe ist entsetzt, kurz vor dem Ziel in Slofok soll er mit zur Polizeiwache. Das paßt ihm gar nicht. Er zieht seine Pistole aus der Hosentasche und hält sie dem Polizisten vor die Nase. „Das wer-den wir ja sehen, wo ich hin gehe. Auf die Bullenwache jeden-falls nicht." Der Polizist sieht die Pistole und bleibt ganz ruhig. Seine Waffe befindet sich noch auf der Wache.

„So bleiben sie doch vernünftig. Wegen dem Unfall brauchen sie nicht gleich zur Waffe greifen." „Sie werden jetzt zum Passat gehen und schauen, was mit meinem Kameraden ist." „Aber das machen doch schon meine Kollegen."

Die Polizisten, die sich mittlerweile beim Passat eingefunden haben, sehen daß ihr Chef mit einer Waffe bedroht wird. Es sind insgesamt vier Polizeibeamte beim Pkw. Zwei kümmern sich weiter um den verletzten Beifahrer. Und die anderen versuchen ihrem Chef zu helfen.

Einer geht direkt zu den beiden, während der andere sich erst vom Ort abwendet, um dann von einer anderen Seite Uwe zu überraschen.

Der direkt auf die beiden zugeht redet Uwe an „Mensch, was soll das denn? Hast du keine andere Idee als mit einer Blei-spritze herum zu fuchteln?" Uwe dreht sich zu dem ankommenden Redner um und hält die Pistole jetzt auf diesen. Doch bevor er schießen kann, wird er von hinten überrumpelt und zu Boden gedrückt. „So, und nun geht es auf's Revier. Gründe zur Verhaftung haben wir ja jetzt."

Uwe werden die Arme auf den Rücken gezogen und dann mit Handschellen versehen. „Na, Chef, alles klar? Wir bringen diesen Herrn denn mal zum Verhör." „Ja, bei mir ist alles klar. Danke, das ihr so schnell zur Stelle wart. Werde mal sehen, was mit dem Beifahrer ist. Ich komme dann nach."

Die beiden Polizisten nehmen Georg in die Mitte und marschieren mit ihm Richtung Wache. Auf dem Wege dorthin kommen ihnen zwei Männer entgegen. „Qh, die Polizei hat einen festgenommen. Was hat er denn verbrochen?" „Das dürfen wir ihnen leider nicht sagen." „Irrtum, meine Herren. Sie dürfen es uns sagen." Die beiden Männer, die vor den Polizisten stehen, zeigen ihre Ausweise vor. Staatsschutz. Die Polizisten schlucken erst mal und schauen sich ratlos an. „Nun, was hat der Mann verbrochen?" „Er hat einen Verkehrsunfall verursacht und unseren Chef tätlich angegriffen." „Na, Angriff auf den Po-lizeichef. Das ist natürlich schon ein Grund. Wo finden wir denn den Chef?" „Die Ecke links und dann 300 Meter. Die Fahrzeuge sind noch dort." „Na, dann wollen wir den Chef mal suchen." Die beiden mit dem Ausweis Staatsschutz gehen in die angegebene Richtung.

Die beiden Polizisten wissen nicht, daß sie eben keine Personen vom Staatsschutz vor sich hatten. Es waren die Detektive Burk und Reini. Und die sind jetzt in Richtung der Unfallstelle. „Burk, das hat ja schon geklappt. Haben uns tatsächlich für den Staatsschutz gehalten." „Ja, ist ja eigentlich nicht verkehrt. Schließlich wollen wir ja auch den Staat schützen."

Sie kommen beim Unfall an. Beim Passat sind noch Notarzt und Feuerwehr vorhanden. Sie gehen direkt zum Auto. Dort werden sie gleich vom Polizeichef angesprochen „Hey, hier wird nicht zugeschaut wie ein Verletzter leidet. Gehen sie weiter. Hier gibt es nichts zu sehen." Burk und Reini geben dem Polizeichef ein Zeichen ihnen kurz zu folgen, was er auch macht.

„Wir sind keine Schaulustigen. Wir sind private Ermittler. In Deutschland wurde ein kleiner gefährlicher Kasten gestohlen." „Von dem Diebstahl habe ich gehört." ist die Antwort. „Und mein Kollege hier und ich sind mit der Suche der Diebe beschäftigt. Es könnte sein, daß das Auto da vorne, zu den Dieben gehört. Sie wechseln ja ständig die Fahrzeuge. Wie die Personen aussehen und wer sie sind, ist ja auch noch unbekannt." „Ich verstehe. Ihr beide wollt also der Allgemeinheit helfen. Sprich hier: den Ungarn." „Genau so ist es. Wenn wir dann kooperieren könnten, wäre es doch besser." Der Polizeichef nickt. „Terror kann man nur gemeinsam bekämpfen." Er will zu dem Passat gehen. „Moment noch. Es sind noch zwei Personen unterwegs, die wie Abenteurer aussehen. Diese Personen sind, wie wir, hinter den Banditen her. Sie haben Pferde und ein Hund dabei."

Der Polizist ist jetzt verwundert. „Mit Pferden und Hund hinter motorisierten Banditen? Aus welchem Jahrhundert kommen die denn?" „Aus dem laufenden. Sie haben auch Vorteile: kein Spritverbrauch und kommen wirklich überall durch. Wo wir mit unseren Fahrzeugen nicht mehr weiter können."

„Auch im schwierigen Gelände. Das ist verständlich. Wo sind die denn jetzt?" „Wissen wir nicht genau. Aber sie sind garantiert in der Nähe. Man muß sie nur richtig erkennen."

Jetzt weiß er genug und begibt sich zu dem Passat. Dort schaut er intensiv im Inneren des Fahrzeugs herum. Auch im Kofferraum.

Derweil haben die Leute der Feuerwehr den Beifahrer endlich aus dem Auto. Sie legen ihn auf eine bereitstehende Trage und der Notarzt kann sich weiter um ihn kümmern.

Vom Polizeichef ist noch zu hören „Das Auto kommt in die Untersuchung." „Aber Chef, das ist doch nur noch Schrott." „Ihr habt gehört, was ich gesagt habe." Die Polizisten, die noch am Fahrzeug sind zucken mit den Schultern. „Was hat er denn mit einmal?" „Hängt bestimmt mit dem Typen zusammen, der ins Revier gebracht wurde."

Jetzt schauen sie noch zu dem Lastwagenfahrer. „Ach, bin ich doch noch nicht vergessen?" „Nein, dich haben wir nicht vergessen. Wie sind deine Verletzungen?" „Es sind nur ein paar Schrammer." „Der Laster hat auch nichts weiter. Also, kannst du weiterfahren." „Und dafür mußte ich so lange warten." „Sorry, es ist nicht unsere Schuld."

Die Polizisten verabschieden sich vom Fahrer und begeben sich aufs Revier.

Die beiden Privatermittler begeben sich zu ihrem Pkw. „Burk, was hälst du von der Sache mit dem Unfall?" „Das war wirklich nur ein Unfall. Aber wie der Mann sich gegenüber der

Polizei benommen hat, muß er irgendein Geheimnis haben."
„Das sehe ich auch so. Im übrigen – wir werden beobachtet."
„Von wem oder was?" „Weiß ich noch nicht." „Aber du weißt,
daß wir beobachtet werden." „Ja, das spüre ich." „Na, dann
mal ganz vorsichtig weg."

Reini hat ein gutes Gespür. Sie wurden beobachtet. Doch nicht
von Polizisten, sondern von Mitgliedern des Generals. „Wir
müssen heraus bekommen, wo Uwe ist." „Das weiß ich schon.
Im Bullenrevier." „Und wie bekommen wir ihn wieder heraus?" „Na, hier mit. Willy. Mit den Bleispritzen." „Nur, was
wollen die beiden im Pkw von ihm? Das müssen wir erst
heraus bekommen."

Burk startet den Pkw und die beiden fahren los. Doch die
beiden Gehilfen des Generals sind noch nicht bei ihrem
Fahrzeug.

*

Ein Geländewagen und ein BMW nähern sich dem Ort Slofok
mit ruhigem Tempo. Sie wollen ja nicht auffallen. Der General
schaut kurz auf seine Karte um sich zu orientieren wie er
fahren muß, um zu dem Punkt zu kommen, wo der kleine
Kasten in seinem Wagen aktiviert werden soll. Der BMW folgt
ihm.

„General, wissen sie den Weg auch wirklich? Ich meine zu dem
Versteck?" „Ja, Anika, den Weg weiß ich. Habe ihn ja schließlich selber festgelegt. Hoffe, die anderen sind bereits dort." „Ja,
hoffentlich. Haben ja keine Zeit zu verlieren. Wo ist eigentlich
der kleine Kasten?" „Das möchtest du wohl wissen. Aber den

71

Gefallen tu ich dir nicht." „Angst um das Leben?" „Ich habe keine Angst. Nur, weiß ich, wenn nur ich weiß, wo der Kasten ist, ist es besser für alle."

„Aber den Professor durften wir holen." „Ich kann nicht alles gleichzeitig machen. Wir müssen schon uns aufeinander verlassen können." „Was heißt das jetzt genau?" „Anika, wir sind eine Truppe, die zusammenhalten soll und keine Einzelkämpfer. Nur zusammen schaffen wir das Vorhaben." Anika schmollt vor sich hin.

Die Fahrzeuge fahren weiter. Durch den Ort Slofok. Ihr Ziel liegt außerhalb des Ortes. Der General hatte ein Ferienhaus gemietet. Das aber im Außenbereich des Ortes liegen soll. Der Geländewagen und der BMW sind als erstes am Ziel angekommen. Der General holt die beiden Frauen vom BMW ab und sagt noch zu dem Professor „Sie warten noch. Wir müssen erst mal das Haus begutachten." Dann entfernen sich die drei.

„Papa, was hat das alles hier zu bedeuten? Was wollen die von uns?" „Das kann ich dir noch nicht sagen, Lina. Ich weiß es selbst nicht. Habe nur gehört, daß von einem kleinen Kasten gesprochen wurde. Was das zu bedeuten hat weiß ich nicht. Wie geht es dir?" „Mein Po tut höllisch weh. Warum hat die mir den Po verdroschen? Papa, ich habe Angst." „Nicht nur du." Die beiden schauen zum Haus, ob sie etwas erkennen können.

Plötzlich laufen noch ein paar Männer am BMW vorbei. Einige schauen kurz ins Innere des BMWs und grinsen.

Lina bekommt das hämische grinsen der Männer mit und ihre

Angst wird größer. Auch dem Professor entging das Grinsen nicht. >Was hat das ganze zu bedeuten?<

Eine halbe Stunde ist vergangen. Dann kommen die beiden Frauen zurück. Kim geht auf die Seite, wo Lina sitzt und öffnet die Tür. „So, jetzt dürft ihr auch aussteigen. Euer Quartier ist hergerichtet." Die beiden Gefangenen werden von einander getrennt. Dann wird Lina aus dem Wagen gezerrt. „Los, aussteigen und vor gehen. Oder soll ich nachhelfen?" Lina steigt so schnell sie kann aus dem Wagen und geht Richtung Haus.

Plötzlich bekommt sie Schläge auf ihren Hintern „Schneller Mädchen, schneller. Oder muß ich dir Beine machen." „Neein, nicht schlagen. Ich gehe ja schon. Nicht schlagen."

Die Schläge waren hart und haben ihren Hintern wieder an das Zeremoniell in Österreich erinnert. Es brennt Lina wieder der Po. Sie beginnt zu weinen. Ihr Vater geht einige Meter hinter ihnen und hat alles mit bekommen. Er kann nur den Kopf schütteln. >Arme Lina.<

Dann haben sie das Haus erreicht. Kim geht mit Lina zu erst ins Haus. Dann stehen Vater und Tochter wieder nebeneinander. Sie sehen jetzt die Männer, die am Auto vorbei gingen. Der General sagt zu den Gefangenen „Wir können ihnen leider nur Zimmer im Souterain anbieten. Die oberen waren vor ihrer Ankunft schon vergeben." Dann folgt nur ein Kopfnicken, das bedeutete die Gefangenen runter zubringen. Sofort werden die beiden Gefangenen in ihr Zimmer im Keller gebracht.

Dann treffen sich alle Anwesenden im großen Wohnzimmer des Hauses. Es sind alle da, bis auf Georg und seinem Beifahrer. Der General fragt so gleich „Weiß jemand, was mit Uwe und Partner ist?" „Der Passat ist Schrott. Uwe hatte einen Unfall und ist jetzt auf der Polizeiwache." „Und sein Beifahrer?" „Im Krankenhaus. Mußte von der Feuerwehr aus dem Fahrzeug geborgen werden." „Schuldfrage?" „Meines Erachtens hatte Uwe Schuld." „Warum ist er auf der Wache?" „Hat sich mit der Polizei angelegt." „Der Hitzkopf. Gut, sonst sind ja alle vorhanden. Also, für heute habt ihr denn mal frei. Die beiden im Keller sind vernünftig und normal zu begegnen. Lina ist für euch tabu. Heißt: sie wird von euch nicht angefaßt. Verstanden?"

Kim und Anika kommen aus dem Keller. „Die beiden sind versorgt." „Gut. Dann können wir ja unsere Planung weiter besprechen. In den nächsten Tagen werde ich Professor Dumont dazu bringen den kleinen Kasten zu aktivieren." „Was geschieht, wenn er sich weigert?" „Er wird den Kasten aktivieren. Wir haben da unsere Mittelchen ihn zu überreden." „Seine Tochter?" Die Frauen nicken. „Professor Dumont liebt sein Töchterchen und kann es nicht ab, wenn es leiden muß." „Wann wird der Herr Professor auf seine Arbeit hingewiesen?" „Erstmal darf er sich von der Reise erholen. So human sind wir. Er wird morgen früh auf seine Arbeit hingewiesen. Das ist früh genug." „Aha, aber wir werden überall gesucht. In den Zeitungen ist zu lesen, …" „Ich weiß, was in den Zeitungen steht. Lesen kann ich selber. Trotzdem müssen wir ihm die Zeit der Erholung geben. Sonst könnte es gleich vergebens gewesen sein." „Ja Papi." „Deinen Sarkasmus kannst du dir sparen."

„Was machen wir mit Uwe?" „Gar nichts. Der sitzt auf der Wache." „Ich meine ja, holen wir ihn da raus oder was?" „Der wird uns nicht verraten." „Weißt du, was die für Methoden ha-

74

ben, um jemanden zu verhören?" „Der ist doch wegen dem Unfall auf der Wache. Was regt ihr euch auf?"

„Wißt ihr wie hier die Verhöre sind?" „Haben die denn einen Verdacht bei ihm?" „Es waren auch zwei Leute bei den Polizisten, die Uwe ins Revier brachten und hinterher waren die beim Passat."

„Was waren das für Personen?" will der General wissen. „Zwei Zivilpersonen. Mehr konnte man auf der Entfernung nicht erkennen." >Zwei Personen in zivil. Was sind das für welche? Profilfahnder? Verdammt, sind die Verfolger wirklich schon so dicht an uns dran?< Der General geht in Gedanken auf sein Zim-mer. Das hat er nicht vermutet. Wie sind die so schnell auf ihre Fährte gekommen? Muß er jetzt den Plan umstellen? Der Chef der Terrortruppe muß sehr stark nachdenken.

Nach einer Stunde überlegens zitiert er die Frauen zu sich. Die sind schnell bei ihm. Sie wissen, wenn er sie zu sich ruft, gibt es entscheidende Änderungen. Es klopft an seiner Zimmertür, dann öffnet sie sich und die Frauen treten ein.

„General, wir sollten kommen. Was gibt es? „Ich habe erfahren, daß irgendwer bereits sehr dicht hinter uns her ist. Wir haben also wenig Zeit. Der Professor muß folglich an-fangen den Kasten zu aktivieren. Bringt ihn in den Raum, wo er sich mit dem Kasten beschäftigen soll."

Die beiden Frauen verlassen den Raum und begeben sich sofort in den Keller. Gehen in den Raum von Professor Dumont, packen ihn an beiden Armen und drängen in aus dem Zimmer.

Sie gehen nur wenige Meter und betreten einen zweiten Kellerraum. „Was soll ich hier? Was geschieht mit Lina?" „Der wird
so lange nichts geschehen, wenn der Papa tut, was von ihm
verlangt wird."

Dumont sitzt an einem Tisch. Vor ihm ein kleiner Kasten. Die
Tür des Raumes geht auf und der General erscheint. „Sie
kennen den Kasten?" Dumont schüttelt den Kopf. „Nnein, den
kenne ich nicht." „Dieser Kasten wurde einst als Diplomarbeit
geschaffen. Es behandelte das Thema Lasertechnik. Sie kennen
sich mit La-sertechnik aus?"

Dumont schaut verwirrt von einer Person zur anderen. „Jja, ja.
Ich kenne mich damit noch aus." „Gut, dann werden sie diesen
kleinen Kasten so bearbeiten, daß er richtig funktioniert. Verstanden Dumont?"

Der Professor schaut den Kasten an, dann die drei Personen.
„Und wenn ich es nicht will?" Kim verläßt den Raum und holt
Lina. Nach wenigen Minuten sind sie da. Dumont sieht seine
Tochter. „Sie werden es tun." Dann hört er seine Tochter „Papa,
was ist ..." Das Mädchen wird umgedreht, dann werden ihr die
Hosen runtergezogen. „Was haben sie vor?" „Wird der Pro-
fessor anfangen mit der Arbeit?" Dumont schaut auf den Kas-
ten, dann zu seiner Tochter und wieder zum Kasten.

Dann klatscht es laut auf den nackten Hintern des Mädchens.
„Aauuaa." klagt es. Dumont sieht, das Lina Schläge auf den
Hintern bekommt. „Was machen sie mit meiner Tochter?"
„Aktivieren sie den Kasten und dem Töchterchen wird nichts
geschehen."

Dumont greift nach dem Kasten und sieht sich den erst mal genau an. In der Zeit werden dem Mädchen die Hosen wieder hochgezogen und es darf in den anderen Raum zurück. Dort an-gekommen, reibt sich Lina ihre Pobacken, die heftig brennen.

Dumont schaut sich den Kasten genau an um zu sehen, wie er ihn öffnen kann. Denn um ihn zu aktivieren, muß er an das Innenleben des Kastens heran.

„Na, was ist jetzt? Soll das Töchterlein wieder kommen?" „Nein, ich muß mir den Kasten genau ansehen. Denn um ihn ins Leben zu rufen, muß ich an das Innenleben. Und da muß ich vorsichtig sein. Ich brauche dafür Zeit." „Und Zeit haben wir nicht."

Immer wieder schaut Dumont sich den Kasten von allen Seiten an. „Ich brauche Werkzeug, um den Kasten zu öffnen." „Da ist doch Werkzeug auf dem Tisch." „Ob ich das damit auf bekomme, weiß ich noch nicht."

Kim verläßt den Raum und begibt sich zu Lina ins Zimmer. Lina ahnt nichts gutes. „Nein, bitte nicht. Bitte ..." Lina wird von Kim ergriffen.

Dann beginnt Kim damit Lina komplett zu entkleiden. Dabei streicht Kim absichtlich über die empfindlichen Pobacken. Lina zuckt bei der Berührung zusammen. „Nein. Nicht hauen. Bitte nicht wieder hauen."

„Du kommst jetzt mit. Dein Vater soll sehen, was passiert, wenn er nicht seine Aufgabe erfüllt." Mit diesen Worten wird

Lina nackt in den Raum geführt, wo ihr Vater ist. Doch auch der General und Anika sind dort.

Dumont erschrickt als er seine Tochter nackt in den Raum kommen sieht. „Wwas soll ddas? Mit meiner Tochter?" fragt er entsetzt. „Das liegt ganz bei Professor Dumont was geschieht. Erledigt er seine Aufgabe, wird nichts mit Lina geschehen. Weigert er sich, wird das Mädchen leiden müssen."

Dumont schaut den Kasten an. Zwischendurch blinzelt er zu seiner Tochter. Dann nimmt er einen spitzen Gegenstand und versucht damit den Kasten zu öffnen.

Kim streicht in der Zeit über den nackten Po von Lina. Diese zuckt daraufhin zusammen. Ihr Hintern brennt bei der Berührung. Der General bemerkt die Tätlichkeiten an seiner Seite und gebietet Kim mit den Berührungen aufzuhören. Schmolend beendet sie die Berührungen. Lina ist erst mal erleichtert.

*

Reiter treffen an der Seite des Balaton-Sees ein, die in Richtung Slowakischer Grenze zeigt. „So, soweit sind wir jetzt. Ist das herrlich hier. Aber es ist für uns kein Urlaub. Schätze mal die Banditen sind auf der anderen Seite des Sees." „Ist das schön hier. Wo denn da?" „Kannst ja mal rüber schwimmen, nach-schauen und wieder kommen." „Ach, wieder kommen auch noch." „Ja, wie soll ich denn Bescheid kriegen von deiner Ausspähung?" „Bin ich dein Scout?" „Arbeitsverweigerung, Inga?" Die Frau grinst nur.

„Aber wir reiten gemeinsam auf die andere Seite. Erst mal hier eine Pause einlegen." „Django, was ist, wenn wir zu spät kommen? Der Kasten aktiviert worden ist?" „Hast du Gewissensbisse?" „Ne, aber sei mal ehrlich. Was ist, wenn wir zu spät sind?" „Tja, dann hast du schon mal schuld. Frauen haben immer schuld. Sie brauchen zu lange bis sie fertig sind" Die Worte kamen grinsend. Die Antwort darauf ist eine Hand voll Sand im Gesicht. „Pfui, Deibel. Wer schmeißt denn hier mit Lehm, der sollte sich was schämen." „Kannst du kein Sand mehr von Lehm unterscheiden?" „Doch. Aber das reimt sich nicht." „Ach so."

Die Pferde sind vom Sattelzeug befreit und grasen. Der Hund nimmt ein erfrischendes Bad. „Wie kochen wir jetzt Kaffee?" „Wasser ist genug da. Brauchst nur zum See gehen." „Und Feuer?" „Bist du nicht heiß genug?" „Noch eine Ladung?" Inga hat wieder eine Hand voll Sand.

Mit wenigen Handgriffen ist ein kleines Feuer für den Kaffee entfacht. Die Tiere heben ihre Köpfe. Ein Zeichen, daß irgend etwas naht. Da Black nicht knurrt, können das nur Bekannte sein. „So schnell sieht man sich wieder." meldet sich Burk. „Kaffee ist noch nicht fertig." „Dafür sind wir auch nicht gekommen. Die Gesuchten sind in Slofok. Einer von ihnen ist schon auf der Polizeiwache."

„Konnte der nicht warten bis wir da sind?" „Ne, der hatte einen Unfall mit einem Lkw. Und sich dann noch mit dem Polizeichef angelegt." „Na, dann hat er ja seinen Urlaubsort." „Und der zweite ist im Krankenhaus. Der Beifahrer." „Dann muß es den ganz gut erwischt haben." „Schuldfrage?" „Die Passanten, die das gesehen haben, sagen, daß der Fahrer des Passat Schuld hat. Schaute fremden Frauen nach, anstatt auf den Verkehr."

„Was ist auf dem Revier passiert?" „Weiß ich nicht. War ja nicht eingeladen."

Django überlegt, während Inga Kaffee einschenkt. Die beiden Detektive bekommen auch je einen Becher. „Die nächste Runde zahlt ihr. Sind doch kein Cafehaus." Reini will ihr einen Klaps geben. Da hört er „wenn du den Arm behalten willst, behalt ihn bei dir. Schau mal nach rechts." Reini schaut in die besagte Richtung und sieht Black. „Ist gut, ich habe verstanden."

„Wo sind die anderen?" „Im Haus, hundert Meter vom See. Da stehen jedenfalls der gesuchte Geländewagen, ein BMW und noch ein paar Autos." „Mensch, ihr wart ja fleißig." „Was denkst du denn? Was sich im Hause abspielt wissen wir aber nicht." „Was machen wir jetzt?" „Kaffee trinken, sonst wird er kalt." „Ich meinte ja, wie gehen wir gegen die Banditen vor?" „Gute Frage. Nächste Frage?" „Reichen wir vier gegen die Banditen aus?" „Du hast den Joker vergessen." „Welchen Joker?" „Rechte Seite." Reini schaut zum Hund. „Ach so. In wie weit kann er helfen?"

„Reini, der Hund hat eine Nase, mit der er Sachen schnuppert, die du nicht riechst." meldet sich Burk. „Kannst ja Inga mal eine Watschen geben. Dann spürst du auch was." „Immer muß ich herhalten." protestiert Inga.

„Inga, wenn Reini dir eine Ohrfeige gibt, hat er den Hund am Arm. Das wollte ich nur sagen." Inga geht zu dem Hund und streichelt ihn. „Du paßt auf mich auf." Black leckt ihr den Arm.

„Es kommt darauf an, wie weit sie den Kasten mit der Lasertechnik aktiviert haben. Ist der noch nicht einsatzbereit, haben wir eine gute Chance. Ist er aktiviert und einsatzbereit, wird es sehr schwer. Dann sind mehr Leute nötig."

„Und wer verrät uns, wie weit der Kasten funktioniert?" „Das müssen wir eben raus kriegen." „Und wie?" Darauf gibt es noch keine Antwort.

„Man müßte dort eine Kamera haben. Dann könnte man sehen, was dort gerade läuft." „Gute Idee. Geh mal hin und bring eine an." Reini fühlt sich von seinem Freund Burk veräppelt.

Die vier legen sich erst mal hin um zu schlafen. So fern sie nicht grübeln. Django liegt zwar lang und hat Inga dabei im Arm, aber richtig schlafen tut er nicht. Viel mehr macht er sich Gedanken, wie an das Haus kommen, dann in das Haus und schließlich an den Kasten kommen. Doch dann schläft auch er tief und fest.

Es sind vier Stunden vergangen. Die Sonne ist in der Zeit bereits untergegangen. Inga erwacht zuerst. Sie löst sich aus den Armen von Django. Schnell ist ein kleines Feuer entfacht und der kleine Kaffeekessel aufgestellt.

„Das ist gut. Die Sonne ist weg und es wird kühler, aber ein heißer Kaffee wird zubereitet." Reini steht bei dem Mädchen am Feuer. „Wie lange die beiden wohl noch schlafen wollen." „Django kann ruhig noch schlafen. Er ist spät eingeschlafen. Hat sich noch Gedanken gemacht." „Seit ihr beide zusammen?" „Soll das ein Heiratsantrag werden? Für die Arbeit ja, sonst nein." „Ich wollte nicht in fremden Gewässern fischen." „Hat auch einer was dagegen. Ich meine nicht Django oder mich." Ihr Blick liegt beim Hund. Reini schaut dorthin. „Habe verstanden. Aber die Becher verteilen darf ich, ja?" Der Mann nimmt die Becher und stellt sie zum befüllen auf.

Burk erhebt sich und schaut zu dem letzten Schlafenden. „Nicht wecken." „Habe ich auch nicht vor. Wer viel nachdenkt, der darf auch schlafen." „Hast du das gemerkt?" „Klar. Dafür kenne ich ihn schon lang genug." „In der Schule war er aber nicht so." „Wer redet denn von der Schule? Wir haben schon mal ein paar Sachen gemeinsam gemeistert." „Wie? Ohne mich?" Burk grinst nur.

„Inga, der Kaffee ist gut und tut gut. Ich kümmer mich mal um die Pferde. Reini kann das ja nicht." Burk geht zu den beiden Pferden. „Na, ihr beiden? Wie wäre es mit ein paar Putzein-heiten?" Burk sucht eine Bürste in den Satteltaschen. Dann beginnt er Maybe zu putzen. „Mußt ja sauber sein, wenn es los geht. Keine Angst, da vorne, du kommst auch dran." Burk putzt das Pferd ordentlich. Dann nimmt er sich Ingas Pferd vor. Während die Stute weiterfrißt. Danach kehrt er an die Feuer-stelle zurück.

„Danke fürs Pferdeputzen." „Ach, unser Denker ist aufge-wacht. Und was ist das Ergebnis der Denkerei?" „Das wir heute ein-greifen müssen. Egal, wie viele Personen die Truppe hat. Es geht um den Kasten."

„Ja, um den Kasten und die Allgemeinheit. Nur wie kommen wir ins Haus?" „Wie machst du das denn zu Hause? Mit dem Kopf durch die Wand?" „Ne, dort nehme ich die Tür." „Und so machen wir das hier auch." „Bevor wir drin sind, sind wir dann durchlöchert. Die schießen doch sofort." „Tja, mein Lieber. Die

Kunst ist eben sich nicht treffen zu lassen." „Entzückend Baby. Und wie machst du das?" „Erst mal nur die Tür öffnen. Dann ballern die vor Schreck. Und die Feuerpause wird für das Eindringen genutzt." „Ohne zurück zu schießen?" „Ja. Ist zwar schwer, aber du schaffst das schon." „Mußt drinnen natürlich gleich in Deckung gehen."

„Gehen wir alle durch die gleiche Tür?" „Ne, jeder Fuchsbau hat zwei Eingänge. Auch dieses Haus." „Burk, woher weißt du das? Ich meine, daß das Haus zwei Eingänge hat?" „Es hat einen Keller. Und ein Keller hat auch eine Tür nach draußen." „Stimmt. Wer geht durch welchen Eingang?" „Was für eine Frage? Wir beide kommen durch den Haupteingang und der Rest kommt von unten." „Wir beide also als Zielscheibe. Entzückend." „Dafür darfst du auch noch hier bleiben, während Django und Inga gleich aufbrechen."

Reini nimmt sich noch ein mal Kaffee und was zu essen, während die Reiter schon los reiten. „Burk, wie macht Django denn die Tür auf?" „Weiß ich nicht. Bin ich Jesus? Alles hat er mir in der Hinsicht nicht verraten."

*

Im Haus sind die Leute langsam unruhig. „General, wann fangen wir denn endlich an den Kasten zu aktivieren? Können doch nicht ewig warten." kommt es von Rene. „Nein, ewig warten können wir nicht. Ich werde jetzt runtergehen und Professor Dumont auffordern sofort zu beginnen." „Ich komme mit." sagt Kim. „Vielleicht benötigt er ja eine Motivationshilfe." „Aber du wartest, bis ich dir sage, daß du sie holen sollst." Kim nickt nur.

„Was machen wir?" „Warten. Ganz einfach, warten." „Also nur rumsitzen. Dabei würde ich mich gerne mit dem Mädel da unten amüsieren." „Vielleicht kommt das ja noch."

Der General und Kim gehen in den Keller. Mit wenigen Schritten sind sie im Raum von Professor Dumont. „So, Professor, jetzt wird gearbeitet. Kasten her und aktivieren. Oder müssen wir nachhelfen?" Dumont schaut die beiden an, die ins Zimmer gekommen sind. Dann holt er den kleinen Kasten hervor.

Langsam holt er den spitzen Gegenstand hervor, mit dem er den Kasten öffnen kann. Was die beiden vor ihm nicht wissen, er hat den Kasten bereits geöffnet. Ihn aber wieder so verschlossen, daß es nicht auffällt. Er beginnt die Spitze zwischen Deckel und übrigen Kasten zu schieben. Dies aber sehr langsam.

Dem General reicht das Spielchen des Professors. Er gibt Kim ein Zeichen. Diese macht sich sofort auf den Weg ins Zimmer von Lina. Reißt die Tür auf, geht forsch auf das Bett zu, auf dem Lina liegt. „Mitkommen. Daddy will dich sehen." kommt es hart. Dann packt Kim das Mädchen und schiebt es aus dem Zimmer. Mit wenigen Schritten sind beide im Raum von Dumont. „Wwas ssoll iich ddenn?" jammert Lina. „Still sein. Daddy muß sich konzentrieren." Dabei streicht Kim dem Mädchen über die schmerzennden Pobacken. Lina zuckt zusammen, sagt aber kein Wort.

„Nun, Dumont, wie ich sehe haben sie den Kasten bereits offen. Dann können sie jetzt ja das Spielzeug scharf machen." „Ich muß erst mal nachdenken, wie das noch war. Es ist ziemlich lan-ge her, wo ich mich damit beschäftigt habe." „Zeit zum Nachdenken war genug vorhanden. Jetzt wird der Apparat gängig gemacht." Bei diesen Worten erhält Kim ein Zeichen.

Kim schiebt das Mädchen zu einem Stuhl. „Raufknien, aber fix." Lina kniet sich auf den Stuhl. Ein zweiter Stuhl wird vor den ersten gestellt., das die Lehnen aneinander zeigen. „Die Hände auf den anderen Stuhl stützen." klingt es an Linas Ohren. Sie beugt sich über die Lehnen und stützt die Hände auf den zweiten Stuhl. Dann werden Linas Hände an dem Stuhl fest-gebunden. Ebenso ihre Beine an dem anderen Stuhl. „Papa." klingt es ängstlich von Linas Lippen. Der Vater sieht wie seine Tochter auf den Stühlen gebunden ist. Er sieht seine Tochter weinen.

„Was macht ihr mit meiner Tochter? Warum muß sie in der Stellung?" „Na, Dumont, gefällt ihnen das?" „Nein. Überhaupt nicht. Sofort wieder freilassen." Als Antwort landet ein kräftiger Hieb mit der Peitsche auf dem Mädchen. „Aaauuuaa." schreit das Mädchen auf. „Nun, Dumont, was ist jetzt mit dem Kasten? Wird es was, oder soll ihre Tochter noch ein paar mal die Peitsche spüren?" Wieder landet die Peitsche auf dem Mädchen. Lina schreit wieder auf.

Dumont schaut sich den Kasten nun intensiv an. Sieht, daß ein paar Drähte auseinander sind. Somit kann der Apparat nicht funktionieren. Was soll er jetzt machen, die Drähte müssen zusammen geschweißt werden. „Ja, also so kann ich es nicht aktivieren. Ich brauche ein kleines Schweißgerät. Es müssen Drähte zusammen geführt werden." Der General geht zum Tisch des Professors und schaut selbst in den Kasten.

„Ok, Dumont, da sind Drähte auseinander. Also besorgen wir

ein kleines Gerät." Dann wendet er sich Kim zu „Kim, laß das Mädchen hier knien. Binde Dumont die Füße zusammen, dann kann er nicht zu seinem Töchterchen." Nach diesen Worten verläßt er den Kellerraum.

Kim streicht dem Mädchen noch einmal über die strammen Pobacken und geht dann zu Dumont, um ihm die Füße zu binden.

Doch der Professor sieht eine Chance und wirft sich der Frau entgegen, die seiner Tochter mit der Peitsche tracktiert hat. Der Angriff kommt für Kim überraschend. Sie fällt auf den Rücken. Der Mann ist über ihr. Schnell schlägt er ihr ein, zwei, drei mal ins Gesicht. Er versucht ihre Arme unter seine Knie zu bekommen. Doch da hat sich Kim bereits unter Kontrolle.

Sie schlägt dem Mann mit beiden Armen an den Kopf. Dann wirft sie ihn von sich, dreht ihn auf den Rücken und bindet die Füße mit einer Kordell zusammen. Dann setzt sie den Mann wieder an den Tisch, damit er sein Arbeitsstück betrachten kann.

Danach geht sie zu Lina. Faßt ihr an den Hintern, zwischen die Schenkel und dringt dann ungeniert in das weinende Mädchen mit den Fingern ein. Heftig sind die Bewegugen. „Das, mein Täubchen, ist für den Angriff deines Vaters." „Neeiin. Niiicht ..." jault Lina auf. Die Bewegungen zwischen ihren Beinen werden heftiger. Dann hören sie auf und es beginnt in ihrem Hintern mit den selben Bewegungen.

Lina kann sich nicht dagegen wehren und weint heftig. Auch sieht sie ihren Vater am Tisch sitzen mit gebundenen Füßen.

Nach einigen Minuten hört die Peinigerin auf. „Das reicht vorerst. Denk dran, wenn Papa nicht macht, was wir von ihm verlangen, dann …" Kim klatscht dem Mädchen noch einmal auf den Hintern und geht anschließend nach oben.

„Kim, warum hat es so lange gedauert?" will der General wissen. „Dumont hat mich plötzlich angegriffen. Weiß nicht, wo er plötzlich den Mut her hatte." „So ein Angriff ist für dich doch eine Kleinigkeit. Den wehrst du doch in Null Komma Nix ab." „Aber nicht, wenn er mir ins Gesicht schlägt." „Trotzdem ist das keine Schwierigkeit. Hast dich hinterher an dem Mädchen gerächt?"

Kim schaut nur schnippisch und geht auf ihr Zimmer. >Das mußte sein. Die mußte für ihren Daddy büßen.<

Professor Dumont sieht seine Tochter auf den Stühlen kniend. Dann schaut er den kleinen Kasten an. >Wenn ich doch nur etwas hätte um die Drähte zu verbinden. Dann könnte ich die Funktion an den Typen dort oben ausprobieren.<

Da geht die Tür des Zimmers auf. Herein kommt der General und hat ein kleines Gerät in der Hand. „Das hier ist ein Lötgerät. Damit muß es auch gehen." Er reicht dem Mann am Tisch das Gerät. Dann begibt er sich zu dem Mädchen.

„Na, was hat sie vorhin mit dir gemacht? Hast du Schläge erhal-ten?" Lina beginnt wieder zu weinen an und schüttelt ihren Kopf. „Was hat sie dann getan?" An Linas Stelle antwortet der Vater. „Mit den Fingern hat sie ihr zwischen den Schenkeln und hinterher in den Po rumgemacht. Es war richtig widerlich." Der General nickt und streicht Lina über den

Rücken. „Das war nicht in meinem Sinne. Auch wenn wir etwas hartes vorhaben, aber so etwas will ich nicht." „Was wollen sie denn mit dem Kasten ma-chen? Er wird etwas schreckliches anrichten können, wenn er wieder aktiviert ist." Der General verläßt wortlos den Raum. >Das soll er ja auch.<

Im Gemeinschaftsraum angekommen, schaut sich der Chef der Truppe um. „Wo ist Kim?" „In ihrem Zimmer. Da ist sie jeden-falls hingegangen." „Sie soll sofort zu mir ins Zimmer kom-men." Dann geht er stracks auf sein Zimmer.

Jogi geht zum Zimmer der Frauen, klopft an und geht hinein. „Kim, der General hat gesagt, du sollst sofort in sein Zimmer kommen." Dann verläßt er den Raum wieder.

„Kim, was hast du denn gemacht, daß du zum General aufs Zimmer kommen sollst?" Kim zuckt nur die Schultern und geht aus dem Zimmer. Ihr Weg führt erstmal ins Badezimmer. Da-nach geht sie zum Zimmer des Generals. Sie betritt nach kurzem Anklopfen das Zimmer. „Ich soll zu ihnen kommen." „Ah, Kim. Ja, sag mal was hat du dir dabei gedacht? Die Lina so zu behandeln. Wozu ist das Mädchen hier? Für dein Pri-vatvergnügen?" „Nein, nicht als Privatvergnügen. Nur, ich hatte mich so geärgert, da ..." „Auch dann hast du dich zu beherrschen. Mit derartigen Sachen gefährdest du das ganze Vorhaben."

Kim senkt ihren Kopf. „Du wirst ab sofort nicht mehr mit in den Keller kommen." Die Frau schluckt heftig. Mit so einer Abmahnung hat sie nicht gerechnet. Hatte sie doch noch ei-niges mit dem französischen Mädchen vor. Gekränkt durch die harte Abfuhr des Generals verläßt sie den Raum.

88

Einer von den Männern geht in den Raum des Professors und bringt Essen und Trinken runter. Er sieht Lina auf den Stühlen gebunden. >Wie soll die denn essen und trinken?< denkt er sich. Stellt das Tablett auf den Tisch und geht zum General. „General, ich habe gerade Essen und Trinken in den Keller zu den beiden gebracht. Aber das Mädchen ist ja auf den Stühlen gebunden. Wie soll die denn etwas zu sich nehmen?" „Hast recht. Das kann sie so nicht. Geh runter und binde sie los. Aber sonst keine besonderen Tätigkeiten. Das von Kim hat mir heute gereicht." „Ist gut. Aber ihr eine Decke umlegen darf ich. O-der?" „Ja. Sie soll nicht krank werden."

Der Mann verläßt das Zimmer des Generals und geht noch ein-mal in den Kellerraum. Dort legt er Lina eine Decke über und bindet sie los. „Du darfst auch essen und trinken. Was haben die bloß mit dir gemacht?" „Gequält haben sie Lina. Richtig wieder-lich gequält. Das paßte eurem Chef auch nicht. Aber bekommen sie jetzt keinen Ärger, weil sie Lina losgebunden haben?" „Nein, der General weiß Bescheid. Was macht der Kasten?" „Ich muß die Drähte richtig zusammen kriegen. Nur welche gehören zusammen? Das ist jetzt die Frage." „Das sollen sie ja herausfin-den. Sie sind doch der Experte."

Dumont verbindet zwei Drähte um zu sehen, was passiert. Die Reaktion ist negativ. Dann behält er einen in der einen Hand und in die andere nimmt er einen anderen Draht.

Der Mann, der das Essen gebracht hat, will gerade den Raum verlassen, als es ein böses Zischen gibt. Erschrocken fährt er herum. Dann sieht er einen dünnen Nebelschwaden.

„Was war das denn?" fragt er den Professor. „Ich denke eine

positive Reaktion. Aber es sind erst zwei von sechs Drähten."
Der Mann verläßt den Raum.

Dumont hält die beiden Drähte, die eine Reaktion gezeigt
haben zusammen in einer Hand. Dann nimmt er den kleinen
Lötkolben und macht ihn betriebsbereit. Er legt die Drähte so,
daß er sie zusammenlöten kann. Dann beginnt er mit dem
Löten. >So, die beiden habe ich fertig. Jetzt muß ich sehen,
welche noch zusammen gehören.<

„Dad, was machst du da?" fragt Lina ihren Vater. „Das, wofür
wir entführt wurden. Ich muß diesen Kasten aktivieren. Dann
haben wir eine Chance hier heraus zu kommen." „Was wollen
die denn mit dem Kasten machen? Was kann man damit machen?" „Ja, Lina, das ist eine schwierige Sache. Dieser Kasten
wurde aufgrund Lasertechnik hergestellt. Und wenn es funktioniert, dann kann man einiges damit zerstören."

Lina wendet sich vom Tisch ab. Sie hat Angst bekommen.
>Zerstören wollen die also. Aber was und wen?< Lina geht im
Raum hin und her. Ihr Vater beobachtet sie. Kann ihr aber nicht
helfen.

„Kannst du ihn nicht so aktivieren, das er funktioniert, aber
nicht so, wie er von denen erwartet wird?" „Nein, Lina, das ist
zu gefährlich. Du und ich wollen leben, nicht sterben." „Aber
irgendwie müssen wir die doch an ihrem Vorhaben hindern."
„Das ist nicht unsere Aufgabe."

Die Tür wird geöffnet. Herein kommt der General und zwei
Männer. „Na, Dumont, wie weit ist das gute Stück?" „Zwei
Drähte sind zusammen. Vier sind noch nach." „Dann kannst du

ja etwas schneller arbeiten." „Wenn ich schneller mache, kann mir ein Fehler unterlaufen. Ich muß in Ruhe heraus finden, wel-che zusammen gehören." „Wir haben nicht mehr viel Zeit. Also beeile dich. Oder braucht der Herr Motivationshilfe?"

Bei diesen Worten schaut der General zu dem Mädchen. Dumont entgeht der Blick nicht. „Nein, ich brauche keine Motivationshilfe. Nur Ruhe und Zeit."

„Hast du nicht gehört, Mann? Zeit haben wir nicht mehr." der Sprecher streckt seinen Kopf sehr dicht an den Kopf von Professor Dumont. Der Professor bleibt erstaunlich ruhig. „Doch, das habe ich gehört. Aber es ändert nichts an der Tatsache, daß ich Zeit und Ruhe brauche."

Der General schaut auf die Uhr. Dann sagt er „Gut, eine Stunde. Dann mußt du fertig sein." Der General gibt den beiden Männern einen Wink mit dem Kopf und alle drei verlassen den Raum.

„Daddy, das hast du gut gemacht." „Sei still. Du hast gehört, was ich gesagt habe. Ich brauche Ruhe." Lina geht in eine Ecke und setzt sich schmollend hin. So hat sie ihren Vater noch nie erlebt.

*

Bei dem Haus, in dem die Truppe mit ihren Geiseln sitzt, kommen Gestalten an. Sie bewegen sich in Deckung. Eine Gestalt huscht an die Wand der Rückseite des Hauses. Die andere Gestalt hält sich noch im Gebüsch versteckt. Am Haus huscht die Gestalt den Gang zur Kellertür herunter. Packt die

Klinke der Tür und versucht sie zu öffnen. Der Versuch miß-
lingt.

Die Gestalt huscht von der Tür weg und geht in Deckung. Die
zweite Gestalt kommt heran. „Was ist los? Abgeschlossen?
Und was machen wir jetzt?" „In Ruhe einen Schlüssel bauen
und dann die Tür öffnen." „Bist doch kein Schlüsseldienst."
„Ne, aber Don Pate hatte auch seinen eigenen Türöffner." „Don
Pate? Meinst du die Mafia?" „Oh, was war das jetzt? Geis-
tesblitz?" Als Antwort kommt ein Tritt auf den Fuß. „Wir sind
nicht mehr in der Bahn. Gib mir mal deine Finger. Ich krieg
dasso nicht gebogen." Inga hilft bei der Biegung des Drahtes.

Dann ist der Ersatzschlüssel fertig. „Vielleicht sollte ein
Schlüsselset zu deiner Ausrüstung zählen." „Oder zu deiner
Ausrüstung."

Wieder huscht die Gestalt zur Hauswand und dann zur Kellertür. Den provisorischen Schlüssel ins Schloß, eine kleine
Drehung und die Tür läßt sich öffnen. Die zweite Gestalt
kommt heran. Eine dritte kommt von einer anderen Seite hinzu.
Alle drei dringen ins Innere des Hauses. Die Tür wird wieder
leise geschlossen.

An der Haustür klingelt es. Schritte sind hörbar, die zur Tür
gehen. Dann öffnet sich die Haustür. „Ja?" ist nur zu hören.
„Ich bin von den Stadtwerken und wollte fragen, ob hier alles
in Ordnung ist. Bei den Nachbarhäusern gab es Probleme."
„Also, bei uns ist alles in Ordnung. Strom ist vorhanden. Wasser auch. Aber nett, daß mal überprüft wird." Dann schließt
sich die Tür.

Burk hat sich als Mitarbeiter der Stadtwerke ausgegeben. Er wollte den beiden im Keller etwas Sicherheit zum Überprüfen der Situation geben.

Black steht an einer Tür und gibt keinen Laut von sich. Sein Körper verrät aber, daß hinter der Tür etwas nicht stimmt. Django streicht dem Tier über den Rücken. Ein Zeichen, daß er verstanden hat. Dann versucht er die Tür zu öffnen. Geht aber nicht, da sie verschlossen ist.

„Na, brauchst wieder den Schlüsseldienst?" flüstert Inga. Als Antwort kommt nur ein Wink zum Rückzug. Sie gehen einige Meter zurück und verstecken sich hinter einer Mauer.

Es nähern sich Schritte. Dann wird die Tür geöffnet, vor der eben noch die drei waren. Drei Personen betreten den Raum. Sie merken nicht, daß sie beobachtet werden.

„Na, Dumont, wie weit ist der Kasten?" Der Angesprochene schaut von seiner Arbeit auf. „Bin noch nicht fertig. Ich weiß noch nicht, welche von den vier Drähten zusammen gehören, damit es funktioniert." „Wurde denn schon etwas getestet?" Der General geht an den Tisch und schaut sich den Kasten und die Drähte an.

„Halt doch mal diese beiden zusammen. Dann sieht man doch die Reaktion. Er nimmt zwei Drähte in die Finger und hält sie zusammen. Es passiert nichts. „Die beiden schon mal nicht." Er nimmt einen anderen Draht und versucht es wieder. Diesmal zischt es sehr laut. „Die beiden geben schon mal etwas von sich. Also zusammen löten. Aber fix. Und dann die restlichen zwei zusammen löten."

Der General geht vom Tisch zu dem Mädchen. „Siehst du, Täubchen, so einfach geht das." Er reißt dem Mädchen die Decke weg. Die beiden anderen Männer sehen jetzt wie das Mädchen aussieht. „Wollen doch mal sehen, ob Papi nicht schneller arbeiten kann." Er packt das Mädchen, drängt es zu den Stühlen. „Rauf da und hinknien." Lina hat Angst. Sie hockt sich auf die beiden Stühle. Der General bindet sie fest.

Dumont sieht, wie seine Tochter wieder auf den Stühlen kniet. „Warum muß meine Tochter jetzt wieder so knien?" „Damit der Vater seine Arbeit richtig macht."

Dumont nimmt den Lötkolben und verbindet die beiden Dräh-te, die der General zuvor zusammen hielt. Dann nimmt er die letzten beiden und lötet die auch zusammen.

„So, jetzt sind alle verbunden." „Auch richtig? Denn sonst funktioniert das ganze nicht. Wir können das ja gleich mal ausprobieren." „Wo das denn, Boss?" „Draußen natürlich. Das Haus hier brauchen wir noch."

Der General klatscht dem Mädchen auf den strammen Hintern. Lina zuckt zusammen. Dann verlassen die drei Männer den Raum. Den Kasten nimmt der General mit. Die Tür wird wieder verschlossen.

Django und Inga haben gehört, was in dem Raum gesprochen wurde. „Aha, der Kasten ist also aktiviert. Jetzt muß man nur heraus bekommen, wo er ausprobiert wird." „Und wie willst du das jetzt heraus kriegen? Oder soll ich das machen?" „Das kön-nen Burk und Reini überwachen. Wozu sind die denn sonst da?" „Wie bekommen die Bescheid?" „Na, durch Black. Der ist schneller als die Polizei erlaubt."

Django schreibt schnell eine kurze Nachricht. Dann nimmt er den Hund in den Arm, befestigt den Zettel am Nackenhaar des Hundes. „Black, lauf zu Burk. Du findest ihn." Der Hund spitzt bei den Worten die Ohren. Dann öffnet Inga die Kellertür und Black springt hinaus.

„Was machen wir beide jetzt? Wieder Schlüsseldienst spielen und dann zu den Geiseln?" „Ne, wir beide werden erst einmal warten. Die Geiseln laufen ja nicht weg. Sind eingeschlossen."

„Wie - du willst gar nichts machen?" „Wir müssen vorsichtig sein. Wenn oben welche aus der Tür raus gegangen sind, dann werden wir mal die oberen Räume aufsuchen." Die beiden hocken sich in eine Ecke und warten die Aktivitäten der oberen Personen ab.

Burk und Reini sind ebenfalls in der Nähe des Hauses. Sie sitzen in ihrem Auto ein paar Meter vom Haus entfernt. Jedoch so, daß sie das Haus beobachten können.

Plötzlich springt an der Fahrertür ein Hund hoch. Es ist Black. Reini erschrickt sich und greift sofort zu seiner Waffe. Burk hat sich auch erschrocken. Doch er erkennt sofort das Tier. „Laß stecken, Partner. Das ist Black. Moment mal, er hat da was im Nacken." Burk öffnet die Fahrertür. „Na, hat Django einen Kurier geschickt? Laß mal lesen." Er nimmt den Zettel vom Nacken ab. Sofort dreht sich der Hund um und rennt zurück.

„Was schreibt er denn?" „Der Kasten soll aktiviert sein. Da wollen welche los, und ihn testen. Übernehmt mal den Job."

Reini schaut zum Haus hinüber. „Du, die Tür geht auf. Gleich geht es los."

Fünf Personen verlassen das Haus und begeben sich zu ihren Fahrzeugen. Dann brausen der Geländewagen und der BMW mit hohem Tempo davon. Burk setzt sich gleich hinter denen in Bewegung und folgt in sicherem Abstand.

„Wo die wohl hin wollen?" „Den Kasten testen. Dafür brauchen die freies Gelände. Und es soll keiner mitbekommen." „Sind wir nicht zu dicht dran?" „Ne, sind wir nicht. Wollen die doch nicht verlieren."

Die Fahrzeuge brausen in hohem Tempo aus dem Ort. Nach einigen Kilometern sind sie in der Pusta. Burk sucht ein Versteck. Hinter einem breiten Busch stellt er das Fahrzeug ab. Leise verlassen die beiden Detektive das Auto und schleichen näher an die Gruppe heran.

Der General verläßt seinen Geländewagen und hat den Kasten in der Hand. Die anderen gehen zu ihm. „Was machen wir jetzt?" „Das hier ausprobieren, ob es funktioniert." Sie schauen sich um und suchen ein geeignetes Objekt. Ein alter Baum mit einer großen Baumkrone wird ins Visier genommen.

Der General stellt den Kasten auf die Erde. Dann schaltet er ihn an, richtet die Strahlmündung auf den Baum und drückt dann auf den roten Knopf des Kastens. Ein sehr heller dünner Lichtstrahl wird für kurze Zeit sichtbar. Es dauert nur Sekundenbruchteile, dann ist der schöne alte Baum verschwunden.

Die Männer beim General sind erstaunt. „Donnerwetter. Das

ging aber schnell. So schnell kann man gar nicht schauen."

Burk und Reini haben die Aktion ebenfalls gesehen. Sie sind von der Aktion sehr überrascht. „Man, hast du das gesehen? Eben stand dort noch der Baum und schwupp ist er weg. Was wollen die auf diese Weise vernichten?" „Weiß ich nicht. Komm zurück zum Auto. Wir müssen Django Bescheid geben." Die beiden laufen zu ihrem Auto.

Auch die Terrortruppe begibt sich wieder zu ihren Fahrzeugen. Dann horcht der Fahrer des BMW auf. „Was war das? Da wurde doch ein Auto gestartet." Er schaut sich um. Der General sitzt zwar im Auto, doch der Motor läuft noch nicht. Dann sieht er eine kleine Staubwolke. Er läuft zu dem Geländewagen, reißt die Tür auf „General, wir wurden beobachtet. Da hinter dem Busch ist einer schnell weg gefahren."

Alle rennen zu dem Busch wo vor kurzem noch ein Auto stand. Sie sehen noch die frischen Spuren. „Wer mag das gewesen sein?" „Heute mittag war einer an der Haustür von den Stadt-werken." „Was wollte der?" „Wissen ob bei uns alles in Ord-nung wär. Bei einigen Nachbarhäusern hätte es Probleme ge-geben." „Und das erfahre ich erst jetzt. Wenn das einer war, der etwas beobachten sollte."

Sie laufen zu ihren Fahrzeugen zurück und brausen mit heftig wirbelndem Staub davon. So schnell sie können, fahren sie zu ihrem Ferienhaus. Hoffentlich ist da noch alles wie vorher.

*

Django und Inga hören die Schritte, die das Haus verlassen. Einige Minuten warten sie noch. Dann kriecht Django zu der Tür hinter der die Geiseln sitzen. Er sucht seinen 'Schloßöffner' und hat schnell den Verschluß geöffnet.

Dann öffnet er die Tür und huscht hinein. Inga bleibt im Versteck. Sie sichert ihren Partner ab. Im Raum sieht Django einen Mann am Tisch sitzen und ein Mädchen nackt auf Stühlen hocken. >Was haben die denn mit dem Mädchen vor?< denkt er.

Der Mann am Tisch sieht den Mann an der Tür hocken. „Wwer ssind ssie ddenn?" fragt er. „Mein Name tut nichts zur Sache. Warum sind sie am Tisch und das Mädchen hockt auf Stühlen?" „Ich sollte einen Kasten aktivieren. Und meine Tochter haben die Banausen als Druckmittel benutzt. Aber …"

Django läuft schnell zu dem Mädchen, schneidet die Fesseln durch und kehrt zum Tisch zurück. Hier schneidet er die Fußfesseln des Mannes durch. In der Zeit hat Lina sich etwas übergelegt. „Folgen sie mir. Achten sie auf meine Zeichen." Django will gerade die Tür öffnen, als er schnelle Schritte hört, die vor der Tür enden. Er gibt den beiden ein Zeichen sich an die Wand zu drücken.

Anika, die den Geiseln etwas zu trinken bringen will, bleibt vor der Tür stehen. >Komisch, haben die vorhin vergessen die Tür abzuschließen?< Da legt sich ein Arm um ihren Hals und drückt kräftig zu. Das Tablett fällt zu Boden, Gläser zerspringen klirrend.

Django weiß, daß Inga aufgepaßt und eingegriffen hat. Er öffnet die Tür und sieht Anika bewegungslos am Boden liegen.

Dumont und seine Tochter folgen ihm. Sie sehen Anika am Boden liegen. „Miststück." kommt es von Dumonts Lippen.

Django lauscht nach oben und dirigiert die beiden Geiseln in Ingas Richtung. Lina sieht jetzt Inga und erschrickt. Doch Inga gibt ihr ein Zeichen ihr zu folgen. Sie huschen in die Ecke, wo Django und Inga sich versteckt haben seit sie im Haus sind. Dumont und Django erreichen die Ecke noch, bevor die ersten von oben kommen, um zu sehen, was für Glas zerbrochen ist.

Da sehen sie Anika am Boden liegen. Scherben um sie herum. Was ist hier passiert? Die Tür ist offen und Anika liegt bewußtlos am Boden. Sind die Geiseln mutig geworden oder ist jemand fremdes im Haus? Die Männer und Kim sehen sich an. Zwei Personen gehen in den Raum. Die anderen untersuchen den Fuß-boden bzw. kümmern sich um Anika.

„Es muß jemand im Haus sein, der nicht zu uns gehört. Die Fes-seln von dem Mädchen sind durchgeschnitten." „Und? Wo sind die jetzt?" „Entgegengekommen sind sie uns nicht. Also müssen die hier ..." Schritte nähern sich den Personen, die in der Ecke hocken.

Gerade als einer der Männer um die Ecke schauen will, springt etwas großes schwarzes durch das Glas der Kellertür. Black hat gespürt, daß er gebraucht wird und sprang im richtigen Augen-blick zu.

Diesen Augenblick nutzen Django, Dumont, Lina und Inga um nach draußen zu kommen. Inga bringt die beiden Geiseln zu den Pferden, während Django wieder in den Keller dringt. In der Hand hält er seinen Colt. Schüsse fallen. Schreie vor

Schmerz und Verwunderung sind zu hören.

Django schaut kurz zu dem Mann den Black angesprungen ist. Er preßt seine Hände an den Hals. Black hat ihm in den Hals gebissen, wie es Wölfe tun. Aber Black ist kein Wolf.

Django sieht etwas seitlich auf ihn zu kommen. Ohne zu zögern schießt er in die Richtung. Der Mann der den Eindringling mit dem Messer angreifen wollte, greift sich aufschreiend an die Schulter.

Vor dem Haus kommen zwei Fahrzeuge mit quietschenden Bremsen zum Stehen. Türen knallen, dann öffnet sich die Haustür und der General stürmt ins Haus. Hinter ihm die anderen, die mit zum Test waren.

>Was ist hier los? Wer hat geschossen?< sind die Gedanken des Generals. Dann hört er „Kann denn keiner diese Bestie erledigen?" Das kam aus dem Keller. Was ist da unten los? „Juri, schau im Keller nach, was da los ist." Dann rennt der General in sein Zimmer. Er muß erst den Kasten verstecken.

Juri und die anderen Männer laufen zur Treppe, die in den Keller führt. Ihnen kommen Kampfgeräusche entgegen. „Aaaah. Die Bestie hat mein Bein erwischt." Dann fallen immer wieder Schüsse. Ein Mann wird am Handgelenk getroffen. Er wollte gerade auf den Hund anlegen.

Draußen sind Inga und die Geiseln bei den Pferden angekommen. „Sollen wir mit den Tieren fliehen?" „Nein. Nur bei ihnen bleiben. Die Pferde können sie ohnehin nicht allein reiten. Aber bei ihnen sind sie sicher." Dann eilt Inga wieder zum Haus.

Männer versuchen den großen schwarzen Hund zu fangen. Django wirft einen Gegenstand einem der Männer in den Nacken. Dieser dreht sich um und wird von einer Faust im Gesicht getroffen. Ein zweiter wendet sich seinem Partner zu und will helfen. Doch da trifft ihn eine Kugel. Der Schuß kam direkt von der Tür.

Juri und seine Kumpels erreichen den Kampfort. Er hat seinen Revolver in der Hand und schießt. Trifft aber nur einen seiner Kameraden. Inga hatte sich den geschnappt und als Schutzschild genommen. Dann fallen drei, vier Schüsse hintereinander. Diese Schüsse kamen durch ein zerschlagenes Fenster. Sie treffen ihre Ziele. Black jault plötzlich auf. Ein Messer hat ihn an der Schulter getroffen.

Dann ist der Kampf plötzlich vorbei. Burk und Reini, die durch die Fensterscheiben geschossen haben, stürmen nun durch die Kellertür herein. Reini läuft zu Inga „Bist du ok?" „Ja, aber wo kommt ihr denn her?" „Erzähl ich später." Er läuft zu Django und schaut zu ihm, Während Burk zu dem Hund gelaufen ist, ihn auf den Arm nimmt und raus trägt.

Er erreicht die Stelle, wo die Pferde stehen. Legt den Hund ab und sucht nach Verbandszeug. „Ist das ihr Hund?" fragt Professor Dumont. „Nein, er gehört Django. Aber ich habe ihn rausgeholt." Dumont zieht sein Hemd aus und reißt es in Streifen. Dann verbinden sie den Hund.

„Django, Burk und ich haben den Test des Kastens gesehen. Verdammt, wenn der wirklich zum Einsatz kommt, bleibt nichts mehr stehen. Die haben einen alten Baum mit einer großen Krone einfach weggeblasen." „Dann ist der Kasten einsatzbereit. Und wo ist er jetzt?" „Da wo der Chef der Truppe ist. Würde ich sagen." „Und wo ist der?" „Muß auch im Hause sein. Rein ge-laufen ist er. Aber hier unten habe ich ihn nicht gesehen. Was suchst du?" „Black." „Der ist draußen. Burk hat ihn rausgetra-gen." „Ist er tot?" „Glaube ich nicht. Dann hätte Burk ihn nicht so schnell raus gebracht."

Da ist der zweite Detektive auch bei den beiden. „Ne, Black lebt. Ist nur verletzt. Stich in der Schulter. Er ist bei den Pferden." „Danke." „Nicht dafür." „Wo ist Inga?" „Eben war sie noch da vorne am kämpfen. Aber jetzt?"

Dann hören sie Kampfgeräusche aus dem Erdgeschoß. Inga ist an den Männern nach oben geeilt und im Zimmer des Generals gelandet. Nun ist sie im heftigsten Zweikampf mit dem General. Dieser wehrt sich mit einer asiatischen Kampfsportart. Doch Inga kann sich gut gegen ihn behaupten.

Da erhält sie einen Karateschlag in den Nacken. Den Angriff hat sie nicht kommen sehen. Sie fällt zu Boden und bleibt regungslos liegen.

Der General schnappt sich den Kasten und verläßt das Zimmer durch die Terrassentür bevor einer der Männer etwas machen kann.

„Scheiße, jetzt ist er mit dem Kasten weg." „Den finden wir schon wieder. Erst mal sehen, was unsere Kriegerin macht." Django geht zu Inga. „Lebt noch. Also keine Hauptschlagader getroffen."

„Bist du jetzt Arzt? Woher weißt du es? Ich meine das mit der

Hauptschlagader." „Reini, kannst du dich noch an Wilfried erinnern? Der Junge, der im Unterricht immer stören wollte?" „Ja, wieso?" „Den habe ich damals per Handkantenschlag zu Boden befördert." „Aha, und dann?" „Danach war er der beste Schulkamerad den man neben sich haben konnte. - Im Unterricht."

„Wird Inga jetzt auch die beste Frau, die man neben sich haben kann?" „Das war sie schon vorher."

Reini geht zur Kellertreppe und schaut runter. Aber dort sieht er keinen mehr von der Truppe. Burk kommt durch die Kellertür. „Der Land Rover, BMW und Mercedes sind weg." „Die Leute, die hier lagen, auch. Wo sind der Professor und seine Tochter?" „In Abrahams Schoß." „Was? Wann ist der denn gekommen?" „Wer?" „Na, Abraham." „Mensch, das ist eine Redensart. Die beiden sind bei den Pferden." „Ach so."

Die Detektive gehen zu Inga. „Oh, Madame hat ausgeschlafen." Da klatscht es an Reinis Kopf. „Benimm dich." „War doch nur Spaß. Habe doch gesehen, wie es passiert ist."

Inga schaut sich um. „Wo ist …" „Wie Dr. Kimble – auf der Flucht. Mit dem Kasten." Inga schaut Django an. „Und nun?" „Nun wird mein General Lee erst mal einen Kaffee trinken." „General Lee? Wer ist das denn schon wieder?" fragt Reini. „Das war ein General im Bürgerkrieg Südstaaten gegen Nordstaaten von Amerika. Inga interessierte sich damals sehr für die Amerikanische Geschichte." Reini salutiert „Melde mich ab zwecks Kaffee kochen." Dann verläßt er den Raum.

Die übrigen lachen lauthals. „Das hat er begriffen." „War er

103

schon immer so?" Django und Burk schauen sich an. „Ne, in der Schule war er nicht so. Aber er ist schon in Ordnung."

„Wo ist Black? Ist er ..." „Bei den Pferden. Genau wie der Professor und seine Tochter." „Oh, die beiden. Ich muß zu ihnen. Mich um die kümmern." „Langsam, wir gehen gemeinsam hin." Die drei verlassen das Haus und gehen zu den Tieren und den befreiten Geiseln.

„Der General ist mit seinen Leuten entkommen. Den Kasten hat er mit. Aber ihr beide seid wieder frei." Django geht zu dem Hund. „Na, Black, war da eine scharfe Klinge im Weg?" Der Hund winselt leise.

„Frage ist jetzt, wo sind die hin?" „Dann müssen wir jetzt mal wieder Hinweise suchen." „Wo?" „Als erstes im Zimmer des Generals. Alles absuchen. Papierkorb, Schreibblöcke und, und, und." „Schreibblöcke? Der schreibt doch keine Nachricht 'Liebe Leute, ich bin jetzt hier zu finden'." „Manche sind so intelligent. Schreiben Nachrichten für ihre Leute und drücken beim Schreiben richtig runter. Dann braucht man nur mit einem entsprechenden Stift die Nachricht kenntlich machen."

Die vier beginnen mit der Suche. Black winselt, weil er nicht mit suchen kann. Da kommen Dumont und seine Tochter herein. „Hallo, dürfen wir auch mit machen? Nach Hause können wir ja jetzt nicht. Haben ja kein Auto und kein Geld." Inga schaut die beiden an. Dann erhebt sie sich, nimmt Lina bei der Hand und sie gehen in ein anderes Zimmer. „Wollen mal sehen, ob wir etwas für dich zum Anziehen finden." In Kims Zimmer finden sie entsprechende Kleidung.

„Danke, daß ihr uns befreit habt." sagt Lina. „Ich habe nichts getan. Das hat Django gemacht." „Doch, hast ja Anika überwältigt." „Ach das. Das habe ich schon vergessen. Seid ihr von der Polizei oder was seid ihr?" „Nein, von der Polizei sind wir nicht. Django und ich sind Leute, die sich einmischen, wenn es schwierig wird für die Behörden. Burk und Reini sind Privatdetektive. Django hat von dem Diebstahl des Kastens erfahren und hat sich gleich auf die Socken gemacht. Er wollte den Diebstahl eigentlich verhindern. Kam aber zu spät. Ich habe davon in den Nachrichten erfahren und helfe Django bei der Arbeit." „Ihr seid schon ein eigenartiges Paar." „Wir sind nicht zusammen. Arbeiten nur zusammen. Es gab mal eine Zeit, da haben wir es versucht miteinander. Doch wir passen nicht zusammen." „Schade eigentlich."

Die beiden kehren zu den Männern zurück. „Hoppla, da kommt ja eine kleine Lady." „So siehst du schon besser aus. Als immer nur nackig rum laufen." „Habt ihr schon etwas gefunden?" „Ja. Dreck und leere Flaschen, Zigarettenkippen ..." „Ich meinte Hinweise." „Die leider noch nicht."

Da ertönt aus der Küche „Der Kaffee ist fertig." „Wo hast den denn hergeholt? Kolumbien?" „Nein, hier aus dem Schrank. Aber das Wasser wollte nicht so schnell kochen. Und handgebrühter Kaffee schmeckt eben besser." „Aha, es sprach der Experte. Aber hast recht, Reini."

Die sechs Personen trinken erst einmal Kaffee. Dann sagt Burk „Da war doch im Zimmer des Generals ein kleiner Block." Er steht auf und begibt sich in das Zimmer. Wo steht der kleine Tisch. Dort hatte er einen kleinen Schreibblock gesehen. Dann entdeckt er den Block und geht hin. Ergreift den Block und schaut darauf. >Na, also. Da steht doch was.<

Burk will mit dem Block zu den anderen gehen. Doch in der Tür steht eine Person. Diese richtet eine Pistole auf ihn. „Na, etwas gefunden? Wird dir aber nicht mehr helfen." Dann fällt ein Schuß. Die Person, die eben noch geschossen hat, verschwindet genauso leise wieder, wie sie gekommen war.

Django, Inga und Reini springen sofort auf und rennen in das Zimmer des Generals. Dort sehen sie Burk mit einer Schußwunde am Boden liegen. „Burk." Inga und Django knien sich neben ihm. „Ein Blattschuß. Das verheilt wieder. Er muß nur ins Krankenhaus." „Wer war das? Hast du etwas erkennen können?" fragt Reini.

Burk sucht mit seiner Hand auf seinem Bauch. Da sieht Inga den Block. „Hier ist ein Block. Blutverschmiert."

Dumont und Lina kommen dazu. „Verbinden wir ihn erst einmal. Sonst verliert er zu viel Blut." „Hier ist ein Telefon. Ich rufe einen Krankenwagen." sagt Lina. Dann wählt sie die Notrufnummer.

Django schaut zu seiner Partnerin. Sieht den blutverschmierten Block. Nimmt ihn und schwärzt mit einem Bleistift die Seite. Dann sieht er, was Burk entdeckt hat. „Auch wenn es dich erwischt hat, aber hast etwas entdeckt. Guter Junge." Dann verläßt er das Zimmer. Geht an den Tisch mit den Kaffeebechern, nimmt einen großen Schluck und greift nach seinen Sachen. Black will sich erheben. Doch es tut ihm weh. Er jault auf. „Ist gut, Black. Du kannst nicht mit. Erst wenn du wieder gesund bist. Bleib bei Dumont und Lina." Er streichelt den verletzten Hund. Dann geht er starken Schrittes zu den Pferden.

Maybe ist gesattelt. >Wer war das denn?< wundert er sich. Doch lange zum Überlegen hat er nicht. „Ich habe mir erlaubt ein Tier zu satteln." hört er da. Schaut sich zu dem Sprecher um und sieht einen Polizisten. „Wer sind sie denn?" „Ich bin der Polizeichef. Ein deutscher Detektiv hat mich schon informiert." „Danke. Einer meiner Kameraden ist verwundet." „Ich kümmere mich darum. Meine Leute haben Fahrzeuge mit hohem Tempo wegfahren sehen. Sie beobachten die Fahrzeuge." „Gut. Kümmern sie sich auch um den Hund." Der Polizeichef faßt an seine Mütze und begibt sich zum Haus.

*

Auf dem Weg kommt ihm Inga entgegen. Sie sprintet an ihm vorbei zu ihrem Pferd. Ohne es zu satteln springt sie auf und folgt Django. Der Polizeichef sieht, wie Inga losreitet und schüttelt den Kopf. >Reitet ohne Sattel.< Dann geht er in das Haus, wo Professor Dumont, Lina und Black sind.

Der Hund bemerkt den Ankömmling und knurrt. Dumont schaut in die Richtung, die der Hund anzeigt. Der Polizeichef gibt sich so gleich zu erkennen. „Keine Angst Herrschaften. Ich bin der hiesige Polizeichef." Er geht weiter auf die drei zu. Dumont begrüßt den Polizisten „Guten Tag. Das ist meine Tochter Lina. Ich bin Pierre Dumont und der Hund ..." „Gehört zu den beiden Reitern. Er ist ja verletzt." „Ja, das ist bei dem Kampf gekommen. Es ist ein Messerstich."

Reini erhebt sich und begrüßt auch den Polizisten. „Wir kennen uns ja schon." „Ja. Wo ist ihr Kollege?" „Der ist auch verwundet. Hat eine Schußverletzung." Der Polizist geht zu Burk und schaut sich die Wunde an. „Ja, da müssen sie wohl ins Krankenhaus. Ich ruf einen Krankenwagen." Dann nimmt er sein Funkgerät und fordert einen Krankenwagen an.

„So, der Wagen kommt. Er wird auch den Hund zum Tierarzt bringen. Sicher ist sicher. Schließlich wird er ja noch gebraucht."

Nach wenigen Minuten klingelt es an der Tür. Lina geht vorsichtig hin und öffnet. Es ist einer der Besatzung des Krankenwagens. „Wir sollen hier einen Verletzten ins Krankenhaus bringen." „Mensch, ihr seid ja fix. Ja, der Verletzte liegt hier. Eine Schußwunde. Und dann bringt ihr den Hund hier noch zum Tierarzt." „Wir dürfen keine Tiere befördern." „Das hier ist eine Polizeiliche Anordnung. Verstanden?" „Ja. Das ist verstanden."

Nach dem Burk in den Krankenwagen gebracht wurde, will der Sanitäter den Hund holen. „Den trage ich." sagt Dumont und nimmt Black auf den Arm. Er legt ihn neben Burk. Dann geht er wieder zu seiner Tochter.

„Na, Black, dann genießen wir mal die Fahrt mit dem Sanitätswagen." Er streichelt den großen Hund.

Professor Dumont kommt wieder zu den drei Personen im Haus. „Wie geht es jetzt weiter?" „Also, Django ist ja schon unter-wegs. Bloß wohin?" „Genau wie meine Kollegen, in die Pußta." „Oh, Oh." kommt es von Reini. „Was heißt das?" „Die haben den kleinen gefährlichen Kasten mit. Und mein Partner und ich haben heute morgen gesehen, wie er getestet wurde. In der Pußta."

Der Polizeichef überlegt. „Wir haben Autospuren in der Pußta gefunden. Dort, wo sonst kein Auto hin fährt. Und es fehlt ein alter Baum." „Der war das Testobjekt."

Der Polizeichef geht hin und her. Dabei überlegt er. „Was können die Reiter eigentlich erreichen?" „Das kommt darauf an, wie die Situation ist." „Sind die überhaupt bewaffnet?" „Kurze Antwort: Ja."

Vor dem Haus hält ein Fahrzeug. Der Polizeichef schaut kurz aus dem Fenster. Er sieht seine Kollegen und öffnet die Tür. „Na, gibt es etwas neues?" „Nein, Chef. Wir sind gekommen, um sie zu unterstützen." „Na, dann kommt mal rein." Die Polizisten betreten das Haus.

„Den Herrn dort kennt ihr ja vom Unfall. Diese beiden sind Vater und Tochter. Sie wurden aus Paris entführt. Der Vater sollte den Kasten aktivieren. Was auch gelungen ist. Sie wurden von den Detektiven und zwei Abenteurern befreit. Letztere sind hinter den Flüchtigen hinter her." „Na, dann werden wir mal mit auf die ehemaligen Geiseln aufpassen."

Alle verteilen sich im Haus. Einer der Polizisten schaut Lina interessiert an. „Sie gefallen mir." „Ich habe in letzter Zeit sehr schlechte Erfahrungen gemacht." „Ich verstehe. Man hat ihnen übel mitgespielt. Vor mir brauchen sie keine Angst haben."

„Würde ihnen auch nicht bekommen, Sergeant. Belästigen sie die Frau, gibt es Ärger mit mir." „Das weiß ich, Chef. Aber gefallen tut die Frau mir trotzdem."

Der zweite Polizist kommt aus einem der anderen Zimmer. Er hat etwas gefunden. „Chef, schauen sie mal. Wonach sieht das aus? Ich habe es in dem Zimmer vorne links gefunden."

Reini überlegt. >Vorne links, da waren doch die beiden Frauen untergebracht.< Er geht zu den Polizisten. „Darf ich mal sehen?" Er sieht ein kleines Papier, auf dem eine Notiz steht. 'Der Kasten funktioniert. Um 18 Uhr Abfahrt zum neuen Zielort.' „Toll, und wo ist das? Das der Kasten funktioniert wissen wir ja. Aber den neuen Zielort, den kennen wir nicht." „Mal sehen, was die Kollegen sagen in welcher Richtung die sind." Der Chef geht etwas zur Seite und ruft seine Kollegen an, die den flüchtigen Fahrzeugen folgen.

„Wo seid ihr? In welche Richtung seid ihr unterwegs?" „Chef, wir sind mitten in der Pußta. Die Richtung die zur Zeit gefahren wird, ist gen Osten." „Haben die euch bemerkt?" „Denke nicht. Das Tempo ist zwar hoch, aber es sind keine Aktionen des Abschüttelns vorhanden." „Gut. Haltet den Abstand ein und wechselt euch immer ab." „Machen wir. Aber warum fragt unser Chef uns, in welcher Richtung die Flucht geht?" „Ich muß die Richtung weitergeben. Wir kooperieren mit deutschen Spezialisten." „Ok. Bei Richtungswechsel wird durchgegeben." „Ich hoffe es."

Dann stellt der Polizeichef sich wieder zu Reini und den anderen. „Die sind in Richtung Osten unterwegs. Wie können wir Django das mitteilen?" „Es gibt keine Funkverbindung. Er findet die Spuren auf der Erde." „So lange es unbefestigter Belag ist, hat er ja Glück. Aber wenn nicht, was macht er dann?" „Überlegen. Und versucht sich in die Lage des Flüchtigen zu setzen. Er findet jedoch hin und wieder Hinweise seitens des

Flüchtigen. Die nutzt er dann." „Wie ist er bewaffnet?" „Och, mit verschiedenen Waffen. Einmal Messer, dann Faustfeuerwaffe, Pfeil und Bogen." „Pfeil und Bogen? Spielt er Indianer?" „Das nicht. Aber die Waffe ist nicht so laut. Ein Zischen und der Treffer ist im Ziel. Und keiner hat es gehört."

Der Chef überlegt die Worte. >Da ist was dran. So kann er einige überraschen, bevor sie reagieren können.< „Und man kann sie auch als Brandpfeile nutzen. Also ein Lager damit vernichten." „Da ist was dran."

Die Anwesenden setzen sich an einen Tisch. „Ich werde mal sehen, ob etwas essbares im Hause ist." sagt Lina und begibt sich in die Küche. „Ich komm mit." sagt der Sergeant. „Aber nicht die Frau anfassen." „Chef, ich paß auf die Frau auf. Keine anderen Sachen. Weiß doch, was mit ihr geschehen ist." „Dann ist ja gut."

*

Der General und seine Kumpanen sind auf der Flucht. Sie fahren kreuz und quer durch die Pußta. >Verdammt, was waren das für Typen, die ins Haus gedrungen sind? Hatten einen Hund dabei. Naja, den hat es erwischt. Jetzt müssen wir sehen, daß wir ein neues Versteck finden.<

Im Mercedes sitzen fünf Personen. Einige schauen sich immer mal um, ob sie verfolgt werden. Können aber nichts in der Hinsicht entdecken. „Wo kamen die Typen denn her? Und was waren das für welche?" „Die müssen durch die Kellertür rein gekommen sein. Was das für welche sind, weiß ich nicht." „Denke die Kellertür war abgeriegelt." „Es soll auch Leute ge-

111

ben, die Türen ohne Schlüssel aufkriegen." „Ja, Karl zum Beispiel." „Ich war das aber nicht." „Zum Glück haben wir Anika noch mitnehmen können." „Wo ist die denn jetzt?" „Beim General im Auto, wie Kim." „Und wo geht das jetzt hin?" „Weiß ich auch nicht. Ich fahr immer hinterher." „Es sieht aus, als wenn es in die Tschechei geht." „Ja, die Richtung ist das erstmal. Aber wir bleiben bestimmt nicht bei den Tschechen." „Der General ist selbst überrascht, daß auf einmal Verfolger da waren." „Wir haben mehr verletzte als die. Bei denen ist nur die Bestie verletzt." „Wo kam die so schnell eigentlich her?" „Von draußen. Entweder durch die Kellertür oder durch ein Fenster." „Vom Fenster kamen Schüsse."

Die Fahrzeuge fahren vorerst ziellos durch Ungarn. Keiner weiß so recht, wie es weiter gehen soll. Der General schüttelt immer wieder seinen Kopf. >Wer hat unseren Aufenthalt verraten? Hat Uwe uns verraten? Was waren das für Personen, die uns aufge-spürt haben?< Dann schaut er zu Anika „Na, wie geht's dir?" „Luft holen geht schon wieder. Aber wer hatte mich denn von hinten angegriffen? Und wo kam die her?" „Die Fragen kann ich auch nicht beantworten. Weiß selbst nicht, was das für Personen waren und wie so die so schnell wußten, wo wir waren." „Ob Uwe etwas verraten hat?" „Polizisten waren das nicht. Die müssen von einer Spezialeinheit kommen." „Ja, so wie ich überwältigt wurde. Das die mir nicht den Hals gebrochen haben."

Kim sitzt auf dem Rücksitz und sagt gar nichts. Sie ist noch so schockiert, daß sie gefunden und sie „ihr Spielzeug" verloren hat. Wie gerne hätte sie Lina noch mehr gequält. Sie für sich fertig gemacht. „Kim, worüber denkst du?" „Bin enttäuscht. Durfte ja nicht mit dem Mädchen, wie ich wollte. Und jetzt ist

112

sie weg." „Kim, das Mädchen war auch erst als Nachdruck für ihren Vater gedacht. Da mußte ich dir Einhalt gebieten. Doch, wenn du sie jetzt wie-der erwischst, kannst du mit ihr machen, was du willst." „Nur werde ich sie wohl nicht wieder bekommen. Sie ist ja jetzt bei den anderen, die sie befreit haben."

„Jetzt müssen wir uns ein sicheres Versteck suchen. Wenn ich nur wüßte, wie so wir so schnell gefunden wurden und wer das überhaupt waren." „Das wüßte ich auch gern." „Wie viele waren das denn?" „Zu viele. Einer ist schon zu viel."

Einige Zeit herrscht in dem Geländewagen Schweigen. Der General ist die ganze Zeit am Grübeln. „Wo fahren wir denn jetzt hin?" „Weiß ich noch nicht. Habe ja nicht mit so etwas gerechnet."

Die Fahrzeuge irren Kreuz und quer durch das Land Ungarn. Keiner weiß, wie es jetzt weitergehen soll. Ihr Versteck wurde ihnen zu schnell gefunden. Abends treffen sie sich irgendwo in der Wildnis um ein Camp aufzuschlagen und zu schlafen.

„General, so kann es doch nicht weitergehen. Wir müssen wieder einen festen Plan finden. Der Kasten ist doch aktiviert. Also ist er einsatzbereit." „Ja, das weiß ich auch. Aber das wissen die Verfolger auch. Sie warten doch nur darauf." „Also während unserer Kreuzfahrt habe ich keine Verfolger gesehen." „Die sind nicht so dumm und verfolgen uns offen. Die operieren verdeckt. Wir können sie nur nicht entdecken." Wieder ist tiefes Schweigen.

„Wo sollte es eigentlich ursprünglich hingehen? Was sollte vernichtet werden?" „Geplant war Polen zu vernichten. Und es den Russen zu zu schreiben." „Das geht doch noch." „Eben nicht. Es wissen doch schon alle, das der Kasten einsatzfähig ist." „Woher?" „Durch die Presse." „Wie so, hat der General es der Presse mitgeteilt?" „Nein. Aber sicher die, die uns in Slofok überrascht haben." „Dann müssen wir jetzt erst recht schnell zum Abschluß kommen."

Der General geht von der Truppe etwas abseits. Er braucht Ruhe um zu überlegen. Anika möchte zu ihm gehen. Traut sich aber nicht. Kim faßt sich ein Herz und geht nach langem überlegen zu ihm. „General, auch wenn sie noch sauer auf mich sind ..." beginnt sie ihn anzusprechen. Der General schaut sie an. „Was ist? - Ach, das habe ich schon vergessen. Habe jetzt andere Sorgen." „Ich habe auch die ganze Zeit geschaut, ob wir verfolgt werden. Habe keine gesehen." „Die verfolgen uns sicher. Nur wir erkennen sie nicht. Wissen nicht was für Fahrzeuge die haben." „Juri hat unsere Fahrzeuge untersucht, ob wir irgendwo Peilsender haben. Das war aber alles negativ." „Gut. Dann wäre das ja geklärt. Frage bleibt, woher wußten die so schnell, wo wir sind?"

„Brauchen wir denn noch den Professor und seine Tochter? Die müßten wir denn noch holen." „Nein, die brauchen wir nicht mehr. Der Kasten funktioniert. Wir haben das getestet." Kim senkt ihren Kopf und ist etwas traurig. „Laß mich jetzt allein. Ich muß nachdenken." Kim begibt sich wieder zu den anderen.

Anika fragt sie gleich „Na, was hat er gesagt?" „Er muß nachdenken." „Das war doch nicht alles, was ihr gesprochen habt." „Er macht sich Gedanken, woher die Verfolger wußten, wo wir sind. Und vor allen Dingen – was sind das für Personen." „Ja, das weiß ich auch nicht. Mir fällt da etwas ein. In der Kate hat der General uns doch eine Karte gezeigt. Und hat dann darauf gemalen und geschrieben." „Da hatte er einen dicken Block drunter." „Eben. Und wenn das gemalte und geschriebene durchgedrückt haben." „Das hat er doch vernichtet." „In den Papierkorb hat er es geworfen. Und wenn die das gefunden haben und lesen konnten?"

Anika ist es jetzt, die heftig überlegen muß. >Da hat Kim recht. Den Zettel hat er nur in den Papierkorb geworfen. Wenn die das gefunden haben und noch lesen konnten, dann wußten die Bescheid. Aber warum haben die so lange gebraucht?< „Kim, wo will er jetzt hin? Wir sind kurz vor der Slowakei." „Also ursprünglich wollte er Polen auslöschen und das den Russen unterschieben. Was er jetzt machen will, weiß ich nicht. Er muß noch überlegen." „Ich geh mal zu ihm." Anika erhebt sich und geht zum General.

Ihr Weg führt am Getränkestand vorbei. Sie nimmt eine Flasche Bier für den General mit.

Als sie bei ihm ankommt, reicht sie ihm die Flasche. „General, ich habe ihnen etwas zu trinken mitgebracht." Der General schaut Anika an und nimmt die Flasche. „Danke. Wie geht es dir, Anika? Du sahst sehr schlecht aus beim rasanten Aufbruch." „Es geht schon wieder. Wer war das nur, der mich angegriffen hat?" „Weiß ich nicht. Bin ja erst eingetroffen, als der Kampf schon im Gange war."

Er nimmt das Mädchen in den Arm. „Es ist beruhigend, daß es dir besser geht." „Wollen wir weiter nach Polen?" „Ich weiß es noch nicht." „Wir wollten doch in Polen das mit dem Laserkasten machen." „Ja, und es dann den Russen in die Schuhe

schieben. Aber wer ist uns so schnell auf die Schliche gekommen? Das ist jetzt wichtiger heraus zu bekommen." „Und
ihn dann mit dem Laserstrahl vernichten?" „Glaube, das wird
nichts. Der kennt sich bestimmt damit aus."

Anika schmiegt sich an den General. Was allerdingst nicht
unbeobachtet bleibt. Denn Kim sieht das ganze. >Sie schmiegt
sich an den General. Ist ja auch sein Liebling. Wozu bin ich
eigentlich da? Nur um Geiseln gefügig zu machen?< Kim dreht
sich um und geht zu ihrem Lager.

Jörn entgeht nichts. „Na, Kim, bist du eifersüchtig? Deinem
Ge-sichtsausdruck nach, ja. Es kann halt nur eine beim General
sein." „Soll sie doch. Ist eh sein Liebling. Auch wenn sie Leute
totschießt." „Würdest du jetzt liebend gern bei Anika machen.
Das totschießen meine ich." „Bringt ja nichts. Hinterher bin ich
auch tot. Der General erschießt dann doch mich."

Jörn setzt sich ein bißchen zu Kim. „Der General ist zur Zeit
auch nicht gut drauf. Das beim Ferienhaus hat ihn ganz schön
überrascht. Auf einmal sind die Verfolger da." „Ja, das verstehe
ich ja. Wo kamen die denn so plötzlich her?" „Hast noch mehr
solche Fragen? Das weiß ich auch nicht. Polizisten waren das
jedenfalls keine." „Ach. Und woher weißt du das?" „Hatten
keine Uniform an." „Es gibt auch Polizisten, die laufen in
Zivilkleidung rum, damit man sie nicht so schnell erkennt."
„Stimmt auch wieder. Kripoleute zum Beispiel." „Ja, oder Zi-
vilfahnder." „Aber wir sind in Ungarn. Dürfen die überhaupt
hier tätig werden?" „Meistens arbeiten sie mit der entsprechenden Polizei zusammen." „Und schon schließt sich der Kreis."
„Was machen wir jetzt?" „Auf den General warten. Der findet
immer eine Lösung. Man muß ihn nur in Ruhe überlegen las-

sen."

Kim schaut zu dem General mit Anika. „Auch mit dem Mädchen." Jörn bleibt bei Kim. „Komm, schau nicht immer darüber. Eifersucht ist nie gut für die Arbeit." „Jörn, habe ich etwas falsch gemacht? Vorher war ich bei ihm angesagt." „Du hättest nicht so hart mit der Tochter des Professors umgehen dürfen."

Die beiden holen sich etwas zu trinken. Dann setzen sie sich wieder abseits der gesamten Truppe. „Können wir dem General denn nicht helfen?" „Wir müssen jetzt warten. Er wird uns seine Entscheidung schon mitteilen. Was hatte er denn mit dem Kas-ten vor?" „Unruhe zwischen zwei Mächten stiften. Aber den Plan hat er nicht verworfen." „Woher weißt du eigentlich das alles?" „Ich war bei der Planung dabei. Daher weiß ich, wie ihm jetzt ist. Zur Zeit etwas verwirrt. Laß ihn einen klaren Kopf bekommen, und dann geht es weiter. Vielleicht ja schneller."

Kim legt sich so hin, daß sie keinen Blick zum General mehr hat. „Dann könnten wir das Unternehmen doch auch ohne die beiden durchführen. Wenn du schon so gut Bescheid weißt." „Willst du den General absägen?" Kim antwortet nicht.

Jörn macht sich Gedanken. >Was will Kim damit sagen? Ich weiß nur das der General etwas in Polen geplant hat, aber nicht wo?< Er legt sich zur Ruhe, aber schlafen kann er nach den letzten Worten von Kim noch nicht.

Am nächsten Tag sind alle im Laufe der Zeit wach geworden und sind beim Frühstück. Der General gesellt sich zu seinen

117

Kameraden. „Moin, Chef, was gibt es neues? In welche Richtung geht es weiter?" „Moin Leute, ja es geht weiter. Und zwar werden wir wieder nach Slofok zurück kehren."

Diese Entscheidung läßt einige Personen erstarren. Vielen bleibt vor Verblüffung der Mund offen stehen. Anderen fällt das Frühstücksbrot aus der Hand. „Wwas haben sie eben gesagt? Zurück nach Slofok? Doch nicht in das Haus zurück?" stottert Jörn. „Doch, wir fahren nach Slofok zurück. Denn damit rechnen die Verfolger jetzt nicht." „Wir haben auch nicht damit gerechnet." „Der Professor und seine Tochter sind bestimmt nicht mehr dort." „Die brauchen wir auch nicht mehr."

Karl und Uli schauen sich an. „General, was sollen wir denn da? Die Polizei ist doch gewarnt. Auch wenn Uwe dicht gehalten hat. Der läßt sich nicht so schnell einschüchtern." „Das mag sein. Aber es rechnet keiner damit, daß wir zurückkehren." „Warum? Was sollen wir da? Das verstehen wir nicht." „Ich will wissen, wer uns so schnell gefunden hat." Mit der Ansicht steht der General nicht allein da. Das wüßten die anderen auch gern.

„Wann brechen wir auf?" „Nach dem Frühstück. Und das in aller Ruhe. Keine Hektik." Jetzt wissen sie Bescheid. Es geht also wieder zurück. Hoffentlich erfahren das die Verfolger nicht so schnell.

Kim hat auch noch etwas in Slofok zu erledigen. >Hoffentlich ist das kleine Flittchen noch da. Denn die kann jetzt wirklich etwas erleben.< Anika kommt zu Kim. „Na Kim, bist du sauer auf mich? Hast keinen Grund. Ich habe nicht mit ihm geschlafen. Er hat mir nur geholfen, daß erlebte – also den Angriff auf

118

mich – zu verarbeiten. Ich war nämlich ziemlich fertig. So einen Griff habe ich noch nie erlebt. Möchte wissen, wer das war."

Kim hört die Worte von Anika, doch die einstige Freundin interessiert sie nicht mehr. Die Bilder am Vorabend haben klare Worte gesprochen. Wortlos packt sie ihre Sachen zusammen und rüstet sich für die Abfahrt.

Dann ist es soweit. Der General hebt seinen rechten Arm senkrecht hoch. Das Zeichen für den Aufbruch. Schnell sind die wenigen Habseligkeiten in den Fahrzeugen verstaut. Anika geht zu dem Geländewagen und steigt ein. Während Kim sich umschaut. Dann sieht sie Jörn und geht zu ihm. „Kann ich bei euch mitfahren? Du weißt warum." Jörn schaut kurz zu dem BMW. Ein Platz ist noch frei. Dann nickt er.

Nach wenigen Minuten setzt sich die Fahrzeugkolonne in Bewegung. Die Richtung hat der General ja angesagt: zurück nach Slofok.

Die Männer der ungarischen Polizei schauen erstaunt, in welche Richtung die Fahrzeuge der Flüchtigen aufbricht. „Das gibt es doch gar nicht. Die wollen doch wohl nicht zurück an den See." „Warum nicht? Es ist dort doch schön." „Mensch, das sind die Flüchtigen. Das sind die, die das Haus so schnell verlassen haben." „Sagen wir doch gleich dem Chef Bescheid. Dann kann er sie gleich in Empfang nehmen." „Erst müssen wir jetzt die beiden Reiter finden und informieren." „Wieso denn das?" „Weil die hinter einem kleinen Kasten her sind, der in Deuschland geklaut wurde." „Wenn wir den Kasten zurück bringen, bekommen wir die Belohnung und nicht die."

Die beiden beginnen langsam dem anderen Trott zu folgen. Immer darauf bedacht, nicht gesehen zu werden.

Der BMW ist das Schlußfahrzeug der Truppe. Kim schaut einmal nach hinten, weil sie ein ungutes Gefühl hat. Und da entdeckt sie das Fahrzeug der beiden Polizisten. Jörn sitzt am Steuer des BMW. „Jörn, schau doch mal in den Rückspiegel. Was siehst du da?"

Der angesprochene schaut kurz in den Rückspiegel und antwortet „Eine staubige Straße." „Und sonst noch?" Jörn schaut noch einmal. Diesmal etwas länger. Und da sieht er auch das folgende Fahrzeug. „Das ist ja gediegen. Da folgt uns doch glatt eine kleine Bazille." Er überlegt kurz. Dann sagt er „Die werden wir mal etwas aufhalten." „Wie willst du das machen?" „Das wirst du gleich sehen."

Jörn gibt nach vorne per Lichtzeichen eine Warnung durch. Dann beschleunigt er das Fahrzeug und zieht gleichzeitig die Handbremse an. Der BMW macht eine 180 Grad-Wendung. Jetzt rast der BMW voll auf die Verfolger zu.

Die Polizisten sehen den BMW auf sich zukommen. Die Geschwindigkeit ist hoch. Viel Zeit zum Überlegen bleibt nicht. Doch der Fahrer des Polizeifahrzeugs bleibt ruhig, während sein Kollege sich vor Angst in die Hosen macht.

Im letzten Augenblick wird der BMW zur Seite gezogen und die Fahrzeuge fahren an einander vorbei. Dabei wird aus dem BMW aus beiden Fenstern geschossen. Der Fahrer des Polizeifahrzeuges ist getroffen und bricht zusammen. Mit erhöhtem Tempo rast das Fahrzeug weiter und schafft die nächste Kurve nicht.

Der BMW dreht wieder Richtung Slofok und die Insassen kümmern sich nicht weiter um das Fahrzeug der Verfolger.

*

Doch das Geschehen wurde beobachtet. „Das war Mord." „Ne, Beseitigung von Verfolgern." „Wollen wir nachsehen, wie es denen geht?" „Weiß ich auch so. Beschissen ist geprallt." Die Beobachter reiten auf ihren Pferden zu dem verunglücktem Fahrzeug. Inga ist zuerst vom Pferd und beim Fahrzeug. „Na, Adlerauge? Wie ist die Lage?" „Brenzlig. Der Fahrer ist tot. Und der Beifahrer eingeklemmt." „Aber lebt noch." „Sieht so aus." „Wobei sich die Betonung auf noch bezieht. Komm vom Fahrzeug weg. Ich brauch dich noch." Inga schaut zu dem zweiten Reiter. „Was soll ich?" Der Reiter galoppiert heran, greift die Frau im Nacken und galoppiert vom Fahrzeug weg. Gleich darauf knallt es fürchterlich. Das Fahrzeug brennt.

Inga schaut zu dem Fahrzeug an dem sie eben noch stand. „Danke." sagt sie nur. „Habe doch gesagt, ich brauch dich noch. Den Beifahrer hätten wir nicht mehr retten können." „Was machen wir jetzt?" „Hol erst mal richtig Luft und dann steig auf. Wir müssen weiter. Wenn mich das nicht täuscht, sind die auf dem Weg zurück zum Ferienhaus." „Da sind doch noch Burk und Reini." „Eben. Darum müssen wir schnell zurück. Sonst sind die auch hin und über."

Die Pferde galoppieren durch die Pußta. Da sie keine Straße brauchen, geht es den kürzesten Weg zurück. Auch wenn da Hindernisse sind, die übersprungen werden müssen. Das ist

121

immer noch schneller als einen großen Bogen zu nehmen.

Bis zu dem Wendepunkt haben die Reiter nicht ganz einen Tag gebraucht. Da sie ja die Spuren der Flüchtigen suchen mußten. Jetzt wieder zurück, kennen sie den Weg. Auch die entsprechenden Abkürzungen sind bekannt. Die Tiere spüren, daß etwas Unheilvolles bevorsteht. Sie geben alles um ihren Reitern zu helfen.

*

Django blickt kurz zur Straße, die parallel läuft, und erkennt den Geländewagen. Doch die Insassen ahnen nicht, daß der Reiter, den sie sehen, ihnen gefährlich werden kann. Sie schauen zu ihm rüber und winken. Dann ändert der Reiter seinen Kurs.

„Schade." sagt der General. „Der Reiter war gut. Das Tier zwar kein ungarisches Tier, aber schnell." „Ja, es sah aus, als wenn die beiden fliegen würden." „Wir haben jetzt keine Zeit zum Träumen, aber vielleicht sehen wir ihn ja noch einmal."

Da klingelt das Handy des Generals. „Ja. Was gibt's?" „General, hier ist Jörn. Also, wir haben bemerkt, daß wir verfolgt wurden. Jetzt aber nicht mehr. Wir haben die Verfolger ausgeschaltet. Deren Wagen ist in Flammen aufgegangen." „Wo war das?" „Ungefähr drei Kilometer vom letzten Lager entfernt." „Also wurden wir die ganze Zeit verfolgt." „Sieht so aus. Aber die kommen nicht mehr hinterher." „Habt ihr sonst noch Verfolger entdeckt?" „Bis jetzt nicht." „Wir haben es ja nicht mehr weit bis Slofok. Müssen nur auf die Polizeifahrzeuge und Leute acht geben." Die Fahrzeuge beschleunigen noch das Tempo. Doch alle schauen, ob irgendwo ein Polizist versteckt ist.

In dem Ferienhaus sind noch der verletzte Burk, Professor Dumont mit Tochter und Reini. Letzterer hört gerade den Polizeifunk ab. Dann meldet er seinem Partner „Burk, wir müssen hier raus. Habe gerade gehört, daß die Bande zurück kommt." Burk hört die Worte und erhebt sich sofort. „Los, raus aus dieser Hütte durch den Keller." Dumont unterstützt den Verletzten. Auch Black humpelt raus. Lina geht etwas voraus und öffnet die Türen. Reini schaut aus der Haustür, ob schon etwas sichtbar ist. Dann folgt er den anderen.

Sie sind gerade aus dem Haus, als die Haustür geöffnet wird. Die ersten des Trupps sind angekommen. „So, daß ist geschafft. Etwas aufräumen und dann ausruhen." „Ausruhen? Und dann kommen die Verfolger über uns her? Jetzt werden Wachen aufgestellt. Wer übernimmt die erste Wache?" „Sag mal, wer von uns ist der Boß?" „Das ist jetzt egal. Noch einmal lasse ich mich nicht überrumpeln." „Jörn hat Recht. Es werden Wachen aufgestellt." ertönt die Stimme des Generals, der gerade herein kommt.

Die Zimmer und Räume werden untersucht. „Schaut auch nach Wanzen und Kameras." Alles wird jetzt genau untersucht. Doch sie finden weder Wanzen noch Kameras. „Alles sauber, Chef." „Gut, dann schaut draußen und vor allem inspiziert die Außentüren." Bis auf die Frauen gehen alle raus um das Gelände zu untersuchen. Doch sie finden keine Hinweise auf Personen, die nicht zur Truppe gehören.

„Draußen ist auch alles in Ordnung. Nichts verdächtiges zu finden." „Die müssen sehr geschickt sein, die Verfolger. Nur wer sind sie?" Dann hat einer doch etwas gefunden. Den Abdruck von Ingas Sattel. Und dann die Abdrücke der Hufe.

„Also irgendetwas hat hier gelegen. Und was sind das für Spuren?" Mehrere Männer laufen zu dem hin, der die Lagerstätte gefunden hat. „Ja. Irgendetwas muß hier noch vor kurzem gelegen haben. Das Gras ist noch runtergedrückt." „Und was sind das für Spuren?"

Der General kommt zu der Stelle. „Welche Spuren?" „Na die hier. Könnten von einem Tier stammen." Der General schaut sich die Spuren genauer an. „Das sind Hufabdrücke. Hier muß ein Pferd gestanden haben."

Der General geht zum Haus zurück. >Ein Pferd im Garten? Moment, vorhin habe ich doch einen Reiter gesehen. Der ritt parallel zur Straße.< überlegt er. >Sollte der Reiter hier gewesen sein? Sollte er einer der Verfolger sein?< Der General schüttelt den Kopf.

„Was ist General? Sie schütteln den Kopf." „Ich habe eben etwas nachgedacht. Die Verfolger können unmöglich per Pferd hinter uns her sein." „Wir sind hier immerhin in Ungarn. Land der Pferde." „Das schon. Aber von Deutschland bis hierher – das dauert. Das hält kein Pferd aus. So eine lange Strecke in der Zeit."

Die Männer gehen alle ins Haus und verteilen sich auf die Zimmer. In der Küche sind Anika und Kim am werkeln. Sprechen jedoch kein Wort mit einander. Der General kommt in die Küche. „Was ist das? Zwei Frauen in der Küche und dann das

Schweigen im Walde?" „Kim ist sauer auf mich."

Der General schaut Kim an „Du hast keinen Grund auf Anika sauer zu sein. Ihr seid beide meine engsten Mitarbeiterinnen. Sexuell ist nichts zwischen uns. Fallst du der Ansicht bist." „Es sah aber gestern abend sehr eindeutig aus." „Das mag so ausgesehen haben. Ist aber nicht so."

Der General nimmt Kim in den Arm. „Hör mal, Kim, du hast vor einigen Stunden einen groben Fehler gemacht. Und? Habe ich dich fallen gelassen? Nein, habe ich nicht. Nur ein bißchen ins Abseits gestellt, damit du darüber nachdenken solltest. Du bist nach wie vor bei mir in der Truppe." Kim genießt die Umarmung. „Aber gestern ..." „War Anika noch daun. Da brauchte sie Zuspruch."

Anika geht zu den beiden. „Ja, Kim, das ist richtig. Ich war von dem Angriff noch ergriffen. Es ist nichts zwischen dem General und mir. Und zwischen uns beiden – also dir und mir soll auch nichts sein. Wir beide waren bisher Freundinnen und so soll es bleiben." Dann geht sie wieder an die Arbeitsplatte um das Essen fertig zu machen.

Kim schmiegt sich an den General. „Ich bin also noch dabei?" „Was hast du denn gedacht? Wer mag das gewesen sein, der unser Versteck aufgespürt hat?" „Die hiesige Polizei kann es nicht sein. Die hat erst durch den Unfall von Uwe quasi von uns erfahren. Es muß jemand sein, der das ganze schon aus Deutsch-land beobachtet hat." „Und von Deutschland aus mit dem Pferd bis hier her? Kim erlaube mal." „Ich meine ja nur."

Anika sagt von der Arbeitsplatte „Habe ich richtig gehört? Ei-

125

ner ist von Deutschland aus mit dem Pferd hinter uns her? Dann muß er ja schon vor dem Diebstahl etwas gewußt haben." „Es muß folglich jemanden geben, der ein Gespräch unserer Leute mitbekommen hat. Auch unabsichtlich." „Du meinst, diese Person hat das an den jetzigen Verfolger weitergegeben?" „Wenn es ein Kind war, hat es seine Eltern davon erzählt."

„Ja, und die haben es an den jetzigen Verfolger weitergegeben. Bloß wer ist der Verfolger?"

„Was macht das Essen? Die Meute ist hungrig." erscheint Karl. „Ist gleich fertig. Könnt schon mal auftischen. Karl, habt ihr in Hamburg einen beobachtet, der euch im Auge hatte?" „Ne, da war keiner. Außerdem haben wir gewartet, bis es dunkel war. Und wie wir weggefahren sind, war auch keiner zu sehen."

„So, das Frühstück ist fertig." Am großen Tisch in der Diele sitzen alle zusammen. Kim und Anika sitzen zusammen. „Da sind ja wieder zwei zusammen." sagt Jörn. „Ja. Wir haben das jetzt geklärt." sagt Kim.

Während des Frühstücks sagt der General „Wir müssen herausbekommen, wer uns aus Deutschland gefolgt ist. Und vor allem wie er aussieht und was er weiß." „Wie er aussieht dürfte nur Anika und Kim interessieren. Ich stehe nicht auf Männer. Aber was er weiß und wie viel wäre schon wissenswert." „Wenn der uns verfolgt, muß er eine ganze Menge wissen." „Es kann auch sein, daß er nur wegen dem kleinen Kasten hinter uns her ist. Weil er ihn selber haben will."

„Mich interessiert nur, was das für eine Bestie war, die mich angegriffen hat. Wenn ich die noch einmal sehe, bringe ich die um." „Ja, wo kam die überhaupt her? Es muß ein großer Hund oder Wolf gewesen sein."

Ein kleiner Mann, der bis jetzt nicht aufgefallen war, meldet sich zu Wort. „Hört mal, da fällt mir gerade ein: ich habe mal von einem Reiter gehört, der wie ein Abenteurer aussieht. Also nicht besonders auffällig. Aber in bestimmten Fällen wird er eingeschaltet." „Und weiter? Was reitet er für ein Pferd? Wie sieht er aus?" „Also, wie er aussieht, weiß ich nicht. Was er für ein Pferd reitet, kann ich auch nicht sagen. Auf einem Bild im Fernsehen war er mit einem roten Tier zu sehen." „Mensch, Ralf, rote Pferde gibt es nicht. Das sind entweder Braune, Füchse, Schimmel oder Rappen. Braune sind Fell braun, Mähne schwarz, Füchse sind einfarbig hellbräunlich, Schimmel sind weiß und Rappen sind schwarz. Aber rot gibt es bei Tieren nicht. Wenn ein Tier etwas rotes hat, ist es Blut. Wie beim Menschen auch." „Dann muß das ein Fuchs gewesen sein." „Das Bild habe ich auch im Fernsehen gesehen. Und zu seinen Füßen lag ein Hund. Ich glaube der war schwarz."

„Da haben wir es. Ein schwarzer Hund. Dann muß dieser Abenteurer uns auf den Fersen sein." „Hein, wir sind mit Autos unterwegs. Wie soll jemand mit einem Pferd so schnell einem Auto folgen können?" „Vielleicht brauchen Pferde keine Straßen. Können da längst, wo du mit einem Auto nicht weiterkommst. Oder kann dein Auto zum Beispiel schwimmen? Oder eine Anhöhe ohne festen Grund herauf kommen?" „Stimmt. Da hat ein Pferd schon seine Vorteile." „Aber wer ist dieser Reiter, der uns so verfolgt? Das wüßte ich gern."

*

Aus einem Nebenraum kommt eine weibliche Person. Keiner der Anwesenden kennt die Person. Alle greifen sofort zu ihren Waffen. „Stop. Wer sind sie und was wollen sie?" Die Frau bleibt stehen. „Die Waffen können sie ruhig wieder weg-stecken. Wenn ich ihnen etwas antun wollte, hätte ich das längst getan." Jetzt geht die Frau weiter auf den kleinen Menschenpulk zu. Da steht sie vor dem letzten Redner. „Eigentlich müßtest du doch wissen, wer der sagenhafte Reiter ist. Hast ihn doch schon einmal erlebt. Er reitet einen Fuchs. Sieht aus wie ein Abenteurer. Hat mehr Kenntnisse als die Polizei." „Nun sag schon, Lady, wer ist dieser Reiter."

Die Frau dreht sich zu dem neuen Sprecher um. „Ungeduldig junger Freund? Das kann gefährlich werden. Ungeduld ist ein schlechter Lehrmeister und Zeitgenosse." Nun mischt sich der General ein. „Wer sind sie? Und was wollen sie von uns? Ich bin der Chef der Truppe. Also?"

Die Frau schaut den General an „Mein Name ist Steffi. Und ich habe erfahren, daß sie einen kleinen gefährlichen Kasten ha-ben. Und dieser Kasten ist auch der Grund, weshalb der Reiter hinter ihnen her ist. Denn der Reiter weiß was der Kasten anrichten könnte. Und er kennt den Erbauer des Kastens." „Aha, so weit, so gut. Und wie heißt der Reiter nun?" „Django. Ganz einfach Django. Und er ist der Bruder des Erbauers des kleinen Kastens." „Aha, und woher wissen sie das alles?" „Es gab eine kurze Zeit, da war ich mit diesem Reiter zusammen." „Ach, das ist ja interessant. Und weshalb sind sie jetzt gegen ihn?" „Er hat mich einfach nicht mehr beachtet."

Die Männer schauen sich gegenseitig an. Einige pfeifen leise. Doch da kommt Kim. „So, er hat dich einfach nicht mehr beachtet. Dafür muß er dann ja einen Grund gehabt haben."

Steffi schaut verwundert die Kim an. „Wer ist das denn?" „Das ist eine meiner besten Leute. Vor der muß man sich schon in Acht nehmen." antwortet der General. „Und jetzt wollen wir den Grund wissen, weshalb Django, oder wie der Kerl heißt, dich nicht mehr beachtet hat." Steffi senkt ihren Kopf dann sagt sie „Ich habe einige Sachen von ihm verkauft. Ohne das er es wußte. Und als er das heraus bekam, war ich nur noch Luft für ihn." „Hätte ich auch so gehandhabt." sagt der General und dreht sich um.

„Und was ist nun der Grund des Erscheinens bei uns? Wir brauchen keine Verstärkung." „Aber jemanden der sich mit dem Abenteurer auskennt." „Gut, reiten kann er, den kleinen Kasten kennt er, kämpfen kann er. Das wissen wir. Und weiter?" „Er kann auch Spuren lesen." „Auch gut. Und?" „Er ist kein Polizist. Versetzt sich aber in die Lage eines Verbrechers. Wie ein Profiler, obwohl er dafür keine Ausbildung hat." „Ein Naturtalent eben."

„General, jetzt kann ich mir denken, wie er uns gefunden hat." „Habt ihr doch in Hamburg Spuren hinterlassen oder was?" „Ne, das nicht. Aber wenn er unser Lager in Bayern gefunden hat. Da waren Spuren."

Der General geht hin und her und überlegt. >Das kann sein, daß dort Spuren waren. Aber wie hat er das Versteck gefunden? Die Karte von der Besprechung hatte er ja mitgenommen. Zwar hat er auf der Karte mit einem Gegenstand den Leuten erklärt wo, wie, was. Aber das gibt doch keine Spuren.<

„General, mir fällt gerade ein, unter der Karte, die sie uns gezeigt haben, lag ein großer Schreibblock. Und wenn die Zeigungen mit dem Stab durchgedrückt sind, waren ja Spuren da." „Aber auf dem Block waren doch keine Länderangaben." „Für ihn waren es wohl genug Spuren, um kombinieren zu können." „Wer denkt denn an so etwas? Dann haben wir ihm ja quasi selbst verraten, wo wir sind."

Die Männer verteilen sich. Steffi bleibt vorerst etwas zurück. Sie geht weder zu den beiden Frauen, noch zu dem General. Doch sie ist sich sicher, denen etwas wichtiges mitgeteilt zu haben. Sie ist in Gedanken versunken >ja, das kann nur Django sein, der hinter den Banditen her ist. Und sie wird sich an ihm rächen, dafür, daß er sie nicht mehr beachtet.<

Plötzlich steht der General neben ihr. „Sie sagten, sie kennen diesen Django. Wissen sie auch, wie man ihn ausschalten kann?" „Meinen sie töten?" „Wenn es sein muß?" „Also, das wird schwierig. Ihn zu töten. Er ist ja nie allein. Immer hat er etwas dabei, was ihn rechtzeitig warnt. Sei es ein Tier oder ein Mensch." „Also muß man alles um ihn herum töten."

Steffi ist sprachlos über die Worte des Generals. „Wofür ist denn der Kasten gedacht? Um Verfolger auszuschalten?" „Nein, der ist für etwas anderes bestimmt. Damit soll etwas anderes vernichtet werden." „Ein bestimmter Ort?" „Sie fragen zu viel." Nach diesen Worten entfernt der General sich. Steffi steht nun allein im Raum.

Sie denkt nach >Wenn Django es wirklich ist, der hinter der Truppe her ist, wird sie ihn auch wieder sehen. Und dann wird sie ihm zeigen, was sie von ihm hält. Aber ist er allein hinter

der Truppe her oder hat er sich eine Meute zusammen gesucht?
<

Steffi sucht sich einen Platz um ein bißchen zu schlafen. In einer Ecke des Raumes legt sie sich hin. Nimmt ihren Mantel, um sich ein wenig zu zu decken. Dann schläft sie ein.

Nach ein paar Stunden wird sie durch Geräusche geweckt. Es sind die beiden Frauen Kim und Anika. Sie decken den Tisch für eine Mahlzeit. Kim entdeckt Steffi und zeigt mit dem Kopf in ihre Richtung. „Was die wohl bei uns will? Der General hat sie einfach stehen lassen." „Wenn das auch stimmen sollte, was wir ja nicht wissen, was sie behauptet hat, aber Leute mit Rachegefühlen sind bei uns fehl am Platz."

Sie kümmern sich nicht weiter um die am Boden liegende und gehen wieder in die Küche. „Wenn die merkt, daß sie bei uns nicht ankommt, könnte sie gefährlich werden. Sie weiß doch wie viele wir sind." „Das wissen die Verfolger doch auch schon. Nur wir wissen nicht, wie viele die sind. - Die Tiere lassen wir mal außen vor." „Stimmt. Aber die Tiere könnten nicht gefährlich werden." „Bis auf so ein schwarzes Ungeheuer, daß plötzlich von irgendwo her kommt." „Du meinst die Bestie, die so wild um sich gebissen haben soll. Die ist doch außer Gefecht gesetzt." „Könnte ja schon wieder einsatzfähig sein. Außerdem soll man verletzte Tiere nie unterschätzen." „Meinst du, die waren mit der beim Tierarzt? Welcher Tierarzt behandelt denn so eine Bestie?" „Vielleicht haben die es selber gemacht." „Wo sind eigentlich der Professor und seine Tochter?" „Bei den anderen. Die sie befreit haben."

Kim schaut traurig auf den Boden. >Schade, die Kleine hätte

ich zu gern ...< „Kim, irgendetwas schleicht ums Haus. Komm, wir kümmern uns mal darum." Die beiden Frauen schleichen in den Keller, um von dort nach draußen zu gelangen. Die Männer des Trupps haben bis jetzt noch nichts bemerkt. Auch Steffi hat keine Ahnung, was auf sie zu kommt.

Tatsächlich schleichen Gestalten ums Haus. Es sind ungarische Polizisten, die die Fahrzeuge der Bande wieder beim Haus entdeckt haben. Jetzt schleichen einige um das Haus, um dann gemeinsam das Haus zu stürmen. Einige sind vor der Haustür in Deckung. Andere verteilen sich auf die Seiten des Hauses, falls es Personen gibt, die aus den Fenstern fliehen wollen. Aber auch die Hinterseite des Hauses wird von den Polizisten abgedeckt. Sie warten auf das Startsignal.

Anika und Kim schauen aus dem Fenster der Kellertür. Was sie erblicken, gefällt ihnen nicht. Sie sehen Polizei. Anika sagt zu Kim „Wir müssen die anderen warnen. Und das schnell. Bevor die Polizei das Haus stürmt."

Kim macht sich sofort auf den Weg in die erste Etage zu den anderen. Auch der General ist zufällig bei dem gesamten Trupp. „Achtung, das Haus ist von Polizei umstellt. Die wollen das Haus stürmen." Sofort wird der Männertrupp aktiv. Sie suchen ihre Waffen. Der General rennt in sein Zimmer um den Kasten an sich zu bringen. Er hat gerade sein Zimmer erreicht, als draußen das Signal zum Sturm auf das Haus gegeben wird. Der General ergreift den Kasten und schaut dann aus dem Fenster, um sich zu orientieren, ob eine Flucht aus dem Fenster gelingen wird. Doch er sieht sofort vier Polizisten, die schwer bewaffnet sind.

Langsam geht er aus dem Zimmer in Richtung der großen Diele. Die Haustür wird grob geöffnet. Ebenso geht es unten bei der Kellertür zu. Mehrere Polizisten mit Gewehren im Anschlag dringen in das Haus.

Die Männer des Generals haben ihre Waffen in die Hände bekommen und eröffnen sofort das Feuer auf die Polizisten. Doch diese sind gut vorbereitet und geschützt. Sie erwidern das Feuer. Einige fallen schwer getroffen zu Boden und können sich nicht mehr wehren.

Die gefallenen vom Trupp des Generals werden sofort von Polizisten gefesselt und an einen Sammelort außerhalb des Hauses gebracht. Dort werden die Wunden von Ärzten versorgt.

Der Angriff der Polizisten geht schnell und präzise. Sie achten auf Personen, die sich absetzen wollen. Doch sie sehen nicht alles.

So gelingt der General an den hereinstürmenden Polizisten unbemerkt nach draußen. Doch auch im Keller gelingt es zwei weiblichen Personen nach draußen zu gelangen. Sie warteten im Raum, wo der Professor den Kasten aktiviert hat und schleichen sich an den Polizisten vorbei.

Schnell sucht der General draußen geeignete Deckung. Direkt zum Auto zu laufen, hält er für keine gute Idee. So drückt er sich mit dem Kasten im Arm in die angrenzenden Büsche.

Im Haus sind Schüsse und Schreie zu hören. Steffi hat sich in der Küche in einen Schrank verkrochen. So wird sie auch nicht gesehen. Von den Männern können vier durch die Fenster nach draußen gelangen. Mit gezielten Schüssen erlegen sie die überraschten Polizisten und stürmen ins Dickicht. Dort verweilen sie und warten das Geschehen ab.

Fred, Karl und Juri schauen sich an. „Wo ist der General? Und der kleine Kasten? Ist er noch im Haus?" „Ich hatte mit mir genug zu tun. Da konnte ich nicht schauen, was der General macht." „Ich auch. Bin froh, daß ich hier draußen am leben bin. Drinnen ist ja echt der Teufel los. Wo kamen die denn alle mit einem Mal her?" „Gut, daß Kim uns noch warnen konnte. Wo sind die Mädels überhaupt?" „Denke, die haben es auch noch aus dem Haus geschafft."

Seitlich von ihnen knackt es im Unterholz. Die drei schauen sich um. Dann sieht Fred Kim. „Ah, du bist es. Wo ist Anika?" „Die ist auch in Sicherheit. Wenn auch verletzt. Aber nicht so schlimm." „Und der General?" „Weiß ich nicht. Habe ihn noch nicht gesehen." „Jetzt bloß keine Aktion, die uns verrät." Die vier verhalten sich ruhig.

Der General sitzt in seinem Gebüsch. Sein Geländewagen steht nur einen Steinwurf links von ihm. Doch er traut sich noch nicht hin. Plötzlich ein Knacken hinter ihm. Er dreht sich um und schaut in die Augen von Anika. „Wo kommst du denn her?" fragt er. „Ich habe mich durch den Keller nach hinten rausgeschlichen. Kim hat es auch geschafft. Weiß aber nicht, wo sie ist." „Egal. Du bist jedenfalls hier." „Und der Kasten?" Der General zeigt auf seine Manteltasche. „Hier drin." „Warum setzt du ihn nicht ein? Ein Knopfdruck und die Polizisten sind weg." „Und das Haus. Und da sind bestimmt noch einige von uns drin." „Ja. Verletzt oder tot. Oder gefangen." „Was waren das für Leute? Anika." „Das waren alles ungarische Polizisten. Also, die die Uwe geschnappt haben. Aber woher wußten die, daß wir wieder hier sind?" „Weil wir beobachtet wurden?" „Aber der Abenteurer war nicht dabei."

Die beiden schauen sich abwechselnd um, ob irgendjemand sie entdeckt hat. Bisher nicht. Kein Polizist in ihrer Nähe zu sehen. „Ob wir es wagen können zum Wagen?" „Wir müssen aber nacheinander rüber." „Gut, dann gehe du zu erst. Du bist verletzt." Der General gibt Anika die Wagenschlüssel. Dann drückt er sich tiefer ins Gebüsch.

Anika schaut zum Haus, dann zum Geländewagen. Die Türverriegelung geht per Knopfdruck. Sie wartet die Reaktion ab. Dann huscht sie zur Fahrzeugtür. Öffnet sie und steigt schnell ein. Hinter sich zieht sie die Tür leise wieder ran.

Der General beobachtet seine Gefährtin. >Sie hat es geschafft. Ich warte noch. Vielleicht wurde die Tat ja beobachtet.< Er schaut zu dem Haus hinüber, aus dem noch Schüsse und Schreie zu hören sind. Dann legt er sich flach auf die Erde und robbt zum Auto. Tür auf und hinein. Gleich runterlegen. Tür leise zuziehen. Eine Frauenhand legt sich auf seine Hand. „So weit haben wir es geschafft. Jetzt den Motor starten und weg hier."

„Gut. Ich fahre und du bleibst liegen." Der General steckt den Zündschlüssel ins Schloß und startet den Motor. Dieser ist noch gar nicht richtig warm, da wirbelt das Fahrzeug eine große Staubwolke auf und der Wagen verschwindet vorübergehend im Staub. Die Insassen freuen sich, daß sie es geschafft haben. Doch ihre Flucht wurde beobachtet. „Und wieder ist Dr. Kimble auf der Flucht." „Ja. Wieder in die Weite der Pußta. Wie lange brauchen wir dorthin?" „Kommt drauf an, wo die genau hinfahren. Aber das können unsere Ermittler ja übernehmen." „Und was machen wir?" „Urlaub. Nein, wir werden hier erst mal auf-passen. Vielleicht brauchen die Polizisten noch unsere Hilfe." „Die ballern ganz gut da drinnen. Ob die gleich alle erschießen?"

*

Django und seine Partnerin sind einige Meter vom Haus entfernt. Hören die Schüsse, aber sehen können sie nichts. „Django, was ist, wenn Burk und Reini die Flüchtigen stellen und dabei drauf gehen?" „Die sollen ja nur herausbekommen, wo die sind. Von festnehmen ist keine Rede. Das dürfen nur die Polizisten. Die beiden sind ja Ermittler, keine Festnehmer. Die Feuerwaffen dürfen die auch nur für Notfälle haben. Sonst nicht." „Und bei uns?" „Wir sind weder Ermittler noch Polizisten. Siehst du bei mir eine Feuerwaffe?" „Ne, nur Pfeil und Bogen. Du kleiner Indianer." Inga grinst.

Dann denkt sie an Black. „Was Black wohl macht? Und wie es ihm geht?" „Zwei Seelen, ein Gedanke." „Denkst du auch gerade an ihn?" „Ne, schon die ganze Zeit."

Plötzlich kommt etwas seitlich von Django heran. Django schaut in die Richtung. Seine Hand bereit zur Waffe zu greifen. Da kommt eine dunkle Gestalt auf ihn zu. Wenig später fährt eine rauhe Zunge durch sein Gesicht. Immer wieder wird Django derart liebkost.

„Hey, du schwarzer Partner, wo kommst du denn her? Komm

hör auf. Ich habe dich doch auch lieb. Geh mal zu Inga. Die kann auch eine Waschung gebrauchen." Bei den Worten kuschelt er den Hund. Und drückt ihn fest an sich. Obwohl das Tier so freudig ist, seine menschlichen Partner wieder zu haben, einen Laut hat er nicht von sich gegeben. Black kriecht zu Inga und begrüßt sie genauso. „Na, Black, habe dich auch vermißt. Bist wieder gesund?"

Dann nähern sich Schritte dem Versteck. Doch die beiden im Gebüsch bleiben ganz ruhig. Und dann vernehmen sie die Worte „Ganz gesund ist er noch nicht. Aber er war nicht mehr zu halten. Wo ist denn der Geländewagen?" „Auf dem Weg in die Pußta. Wie geht's dir Burk?" „Beschissen ist geprahlt. Das wißt ihr doch. Aber Unkraut vergeht ja nicht. Was ist im Haus los?" „Dort ist die Hölle. Die Polizei hat das Haus gestürmt." „Und der Anführer ist getürmt?" „So sieht es aus. Den kannst du mit Reini mal suchen. Er hat eine Frau mit. Von seinem Trupp. Nicht die Tochter des Professors." „Die ist in Sicherheit. Mit ihrem Vater. Ich werde mich mal auf die Spur machen. Vielleicht finde ich die beiden ja." „Das will ich hoffen. Aber sei vorsichtig. Die haben den Kasten dabei." „Ich weiß. Und der funktioniert."

Burk verschwindet genau so schnell, wie er gekommen war. Der Hund bleibt bei Django. Inga schaut zum Haus hinüber. „Die Polizei kommt mit Festgenommenen heraus. Mal sehen, wie viele die haben." „Nicht alle. Zwei sind mit dem Geländewagen weg. Und mit Sicherheit haben es einige geschafft aus Fenstern zu entwischen."

Django entdeckt eine Frau, die sich an der Hauswand entlang zur Seite wegschleicht. >Wer is dass denn? Die war aber beim ersten Mal nicht vorhanden.< Er schaut noch genauer hin. „Inga, hast du ein Fernglas dabei?" „Nein, wie so?" „Da ist eine Person, die ich vorher hier nicht gesehen habe. Aber dennoch kommt sie mir bekannt vor." „Willst du hingehen und sie ansprechen?" Die Antwort ist ein scharfer tötender Blick. „War doch nur ein Scherz." Auch sie schaut jetzt zu der weiblichen Person. Doch sie kennt sie nicht.

Die Polizei bringt drei Festgenommene ins Freie. Die müssen sich ins Gras setzen. Es sind alles Männer. Dann werden die Toten und Verletzten herausgebracht.

Die beiden Beobachter überlegen. >Eine weibliche Person ist mit im Geländewagen getürmt. Es waren aber zwei weibliche Personen in dem Trupp. Wo ist die zweite Frau geblieben?<

Drei Leichen werden ins Gras gelegt. Daneben müssen sich vier Verletzte des Trupps hocken. So weit sie hocken können. Auch da ist keine Frau dabei.

„Beide Frauen leben also. Wer ist die Frau, die sich seitlich abgesetzt hat?" „Wir müssen die zweite Frau finden, bevor sie beim General landet." „Warum? Gut, finden müssen wir sie. Aber warum 'bevor sie beim General landet'?" „Damit sie uns etwas erzählen kann." „Stehst du jetzt auf Märchen? Sie wird dir alles mögliche erzählen, aber nicht die Wahrheit." „Woher weißt du das?" „Überleg doch mal. Würdest du deine Partner verraten, wenn du noch eine kleine Chance vermutest? Fängst du die Frau ein und quetschst die aus, wirst du nie Erfolg haben." „Du meinst, wir sollen die laufen lassen?" „So ist es. Sie wird den Geländewagen suchen und uns zu ihm führen." „Hast Hoffnung?"

Django merkt, daß Inga nicht seiner Meinung ist. Aber streiten will er auch nicht. Auch Inga merkt, daß zwischen ihnen eine Uneinigkeit herrscht. „Sorry." „Für was? Das du deine Meinung gesagt hast? Steht dir doch zu. Nur dürfen wir uns nicht zum Streiten verleiten." Inga legt ihre Hände auf seine Schultern. „Komisch. Du verstehst mich immer. Wie kommt das?" Django antwortet nicht. Genießt aber die Berührungen.

Inga weiß viel über Django. Auch das er eine Art Ausbildung für Sicherheitskräfte hat. Aber hat er sein Wissen jemals anwenden dürfen? Es ist ihr egal. Hauptsache ist, sie kann ihm vertrauen. Genau wie er sich auf Inga verlassen kann.

Django nimmt ihre Hände, zieht sie nach vorn und nimmt sie in die Arme. Dabei verliert er nicht den Blick zum Haus. Plötzlich bemerkt er eine Gestalt rechts des Hauses im Gebüsch. Diese ist nicht allein. Es sind drei Personen. >Aha, da sind ja Personen, die unbemerkt das Haus verlassen haben. Pech für euch, daß die Büsche euch verraten haben.< Inga schaut in Djangos Gesicht und folgt dann seinen Augen. „Da ist ja Frau Nummer 2." „Ja. Und gleich zwei Männer dabei. Sind irgendwie aus einem Fenster entkommen."

Sie beobachten das Trio weiter. Schauen aber auch zu den anderen des Trupps. Die, die gefangen sind.

*

Drei Polizisten gehen zu den Gefangenen. Dann wird der erste gefragt „Wer ist euer Anführer? Und wo ist er?" Der Gefangene schaut den Polizisten an. Dann sagt er „Der General ist unser Boss. Wenn er nicht hier ist, ist er weg." Für die letzte

Antwort erhält er einen ordentlichen Hieb ins Gesicht. Durch den Hieb platzt eine kleine Wunde.

Der zweite Gefangene wird gefragt „Wo ist euer General? Und was hat er mit dem Kasten vor?" Der Angesprochene schaut zu seinem blutenden Kameraden. Dann antwortet er „Der General ist seinen Auftrag beenden. Mit dem Kasten? Kreaturen wie euch vernichten. Und …" weiter kommt er nicht. Eine Faust trifft seinen Mund.

Django und Inga sehen das Schauspiel. „So bekommt ihr gar nichts aus den Leuten heraus. Die erzählen euch eher Märchen, als das sie den General verraten." „Würde Django etwas von den erfahren?" „Vielleicht. Aber es sind nicht meine Gefangenen." Inga schaut ihren Partner an. „Ja, du wendest die Art der Indianer an." „Und die wäre?" „Einen laufen lassen und beobachten." „Stand das in General Lees Tagebuch? Oder war Inga bei Sitting Bull zu Besuch?" „Weder noch. Nur, ich kenne dich lange genug."

Beim Haus sammeln die Polizisten die Gefangenen ein und brin-gen sie zu ihrem Gefängnisbussen. Dann werden die Verletzten eingesammelt und in die Krankenwagen verteilt. Dabei wird unterschieden zwischen Polizei und Gefangene. Die restlichen Polizisten kontrollieren noch einmal das Haus, ob sie jemanden vergessen haben. Da ertönt ein Ruf aus dem Haus. Einer hat im Kellerraum etwas gefunden. Zwei Personen laufen zu ihm. „Was gibt es?" „Hier muß vor wenigen Minuten noch jemand gewesen sein. Ich hatte alles genau untersucht und eingepackt. Und jetzt? Seht euch das an. Frische Spuren."

Per Funk wird noch einmal die Spurensicherung gerufen. Diese ist in wenigen Minuten vor Ort. „Schaut euch das an. Frische Spuren." Die Beamten fotografieren die frischen Spuren. Dann werden Abdrücke genommen. „Es muß noch jemand hier im Keller sein. Es führen keine Spuren hinaus."

Akribisch wird alles abgesucht. Jede Ecke, jeder Schlupfwinkel. Doch es ist keine Person oder sonstiges zu finden. „Hier ist keiner zu finden. Kommt, wir fahren zurück zur Wache." meldet sich die Spurensicherung.

Sie verlassen gemeinsam das Haus. Frische Spuren haben sie gefunden, aber keine Person, die sie verursacht hat. Die Türen werden von außen versiegelt. Dann begeben sich die Polizisten zu ihren Fahrzeugen.

*

Was sie nicht wissen, ist, daß tatsächlich noch eine Person im Haus ist. Diese hatte sich sehr gut versteckt und hat in der Zeit, wo die Polizei im Hause war, keinen Ton von sich gegeben.

Jetzt, wo alle aus dem Haus sind, wagt sie sich aus ihrem engen Versteck. Dann schleicht sie in die höhere Etage an eines der Fenster, um zu beobachten, wie die Polizeifahrzeuge abfahren. Es ist Kim, die wieder durch ein Kellerfenster ins Haus geklettert ist. >Wo der General wohl hin ist?< sind ihre Gedanken. >Bis auf drei Männer, sie und dem General nebs Anika sind alle ausgeschaltet. Wenn der General sein Vorhaben noch durchführen will, muß er es jetzt bald tun. Sonst wird es zu spät.<

Sie schleicht durch das ganze Haus. In der Küche sucht sie

nach essbarem. Im Kühlschrank wird sie fündig. Im Küchenschrank ist auch noch etwas. Für heute ist sie denn versorgt.

Draußen setzt die Dunkelheit ein. Aber jetzt im Haus Licht anmachen? Kim entscheidet sich dagegen. Es könnten noch Gestalten in der Nähe sein.

Dann ersinnt sie sich an Steffi. Was wollte die Frau? Wer war sie? Der General kannte sie auch nicht. Ist sie noch in der Nähe? Alles Fragen, auf die Kim keine Antworten findet.

Sie schaut noch einmal aus dem Fenster zur Grundstückseinfahrt. Was war das? Hat sich da etwas im Gebüsch bewegt? Sie schaut schärfer hin. Doch es ist mittlerweile so dunkel, daß sie nichts genau erkennen kann.

Doch sie hatte sich nicht getäuscht. Im Gebüsch waren noch zwei Personen und ein Hund. Im Dunkeln haben sie das Gebüsch verlassen. Ihr Weg führt sie am Haus vorbei nach hinten, wo noch zwei Tiere stehen. Die beiden haben auch die Gestalt im Haus bemerkt. „Laß sie für heute im Haus übernachten." „Wer mag das sein?" „Na, die zweite Frau des Trupps. Sie ist wieder hineingegangen. Ist ja auch gemütlicher als draußen." „Und die anderen?" „Sind auf der Suche nach dem Chef."

*

Sie kommen dem Lager mit ihren Pferden näher. Da bleibt der Hund plötzlich knurrend stehen. Das Nackenhaar steht steif hoch. Die Rute steif nach hinten gestreckt. Django und Inga kennen beide diese Sprache des Hundes. Bei den Pferden ist eine fremde Person.

Während der Hund stehen bleibt, trennen sich Django und Inga, um das Lager von zwei Seiten anzugehen. Von zwei Seiten gehen sie auf das Lager zu.

Bevor die Person im Lager sich verstecken kann, sind beide im Lager. Django wirft sich auf die kauernde Person und legt sie rücklings. Die Arme der überraschten Person werden nach oben gedrückt. Dann von Inga gebunden. Dann setzen sich die beiden Freunde ans Feuer. Im Schein des Feuers erkennt Django, wen er überwältigt hat.

„Steffi, was in Gottes Namen machst du hier? Gehörst du zu denen, die wir verfolgen?" Steffi ringt noch nach Luft. Mit so einer Überwältigung hat sie nicht gerechnet. Dann sagt sie „Nein, ich gehöre nicht zu denen. War zwar heute in dem Haus. Wurde aber abgewiesen." „Und was machst du hier'?" „Ich habe gewartet." „Wenn du denkst, du könntest bei uns sein. Dann irrst du. Erstens hast du kein Pferd und zweitens hast du keine Ahnung, was überhaupt Sache ist." Black kommt langsam näher ans Lager heran. Läßt die fremde Person jedoch nicht aus den Augen. Steffi erblickt den Hund „Oh, ist der schön." „Unverkäuflich. Der entscheidet selbst, bei wem er bleiben will." „Schade, den hätte ich zu gern gehabt. Was haben die denn überhaupt vor? Ich meine, die im Hause waren." „Das können wir auch nicht sagen. Nur eins wissen wir: es ist sehr gefährlich. Darum müssen wir uns auch beeilen."

Während des Gesprächs wurden die Pferde gesattelt. Jetzt wollen Django und Inga aufbrechen. „Kann ich wirklich nicht mit kommen?" „Steht hier noch ein Pferd frei rum? Ich sehe keins." Damit ist für Django das Gespräch beendet. Er wendet

Maybe und trabt los. Inga und Black folgen ihm. Steffi bleibt allein.

„Was wollte die?" „Sucht Anhang. Wird überall abgewiesen." „Und wenn sie jetzt zum Trupp übergeht?" „Du meinst zu dem was vom Trupp übrig ist. Keine Sorge. Der General hat sie schon abblitzen lassen. Dort hat sie keine Chance." „Und bei uns auch nicht." „Stimmt."

Die beiden reiten wieder Richtung Pußta. Noch wissen sie nicht wo genau der Geländewagen sich befindet. Denn den müssen sie finden. Dort ist auch der kleine gefährliche Kasten. Plötzlich piept ein Handy bei Django. Dieses hat er von den Ermittlern bekommen, damit sie sich austauschen können. Django nimmt das Handy zur Hand und meldet sich „Burk, habt ihr was gefunden?" „Ja, der Geländewagen ist von uns gefunden worden. Er steht mitten in der Pußta bei einem schönen Brunnen. Die Personen haben wir noch nicht gese-hen." „Na, dann weiß ich ja schon mal die Richtung. Halt die Augen offen. Wo ist Reini?" „ Auf Posten. Einer beobachtet, der andere informiert." „Dann bis später."

Die Pferde sind ja ausgeruht. Somit sind sie gut drauf und galoppieren erst mal. Der Hund hält locker das Tempo. „Wo geht's hin?" „In die Pußta. Der Wagen steht bei einem Brun-nen." „Es gibt ja auch nur einen Brunnen in der Weite." „Wir folgen einfach der Reifenspur." „Hoffenlich wird nicht der La-serstrahl auf uns gerichtet." „Es soll etwas anderes vernichtet werden."

Durch den starken Galopp sind sie fast an der Grenze der Pußta angekommen. Die Reifenspuren sind im Sand zu sehen. Also folgern sie der klaren Spur. Nach einiger Zeit sehen sie einen Brunnen. Es ist ein typischer ungarischer Brunnen. Unweit ist der Geländewagen zu sehen.

„Aha, da steht der Wagen. Aber es sind keine Personen zu sehen. Folglich sind die zu Fuß weiter gegangen." „Ja, nur wo hin?" Der Hund gibt einen kurzen Laut von sich. „Black ist fündig geworden." Sie schauen zu dem Tier. Der Hund weist auf eine Fußspur. „Ah, da haben wir ja einen Hinweis." „Wo führen die hin?" „Weg vom Auto. Folgen wir doch einfach den Abdrücken."

Die Reiter folgen langsam der Fußspur. Der Weg führt einige Meter durch die Pußta. Dann erreichen sie ein kleines Dorf. „So, in einem Dorf sind wir jetzt. Und wo suchen wir deinen „Dr. Kimble"? Bei den ganzen Leuten hier." „Ja, in einem Dorf sind wir hier gelandet. Aber suchen? Nö, abwarten. Die werden sich schon von alleine zeigen." „Und den Strahl auf uns richten." „Das werden sie nicht. Die haben etwas anderes vor."

*

Ein Mann mittleren Alters kommt auf die beiden Reiter zu. „Guten Abend. Wir feiern hier ein kleines Fest. Der Anlass ist uns egal. Kommt rein und feiert mit. Die Pferde bringe ich in meinen Stall. Es ist genug zu essen und zu trinken da."

Die beiden Reiter steigen von ihren Pferden und geben dem Mann die Zügel. Black bleibt bei seinen Menschen. Gemeinsam gehen sie zu den Dorfbewohnern. Die Augen suchen immer wieder nach dem General. Eine junge Frau bemerkt die suchenden Augen. „Eure Augen wandern viel zu viel. Sucht ihr etwas?" „Ja, wir suchen zwei Personen, die vor uns ins Dorf gekommen sind. Zu Fuß." „Ein Mann und eine Frau?" „Habt ihr die gesehen? Wo sind die hingegangen?" „Ja, ich habe die gesehen. Mein Vater hatte die auch zum Mitfeiern eingeladen. Aber die haben nur nach einem Hotel gefragt und sind dann dort hin gegangen. Sind aber nicht wieder gekommen zum Feiern." „Die sind also in einem Hotel. Wo ist das Gebäude?" „Dort entlang und dann rechts. Ihr wollt auch nicht mit feiern?" fragt die hübsche Ungarin ein bißchen enttäuscht.

„Doch, wir feiern mit euch. Django, bleib du hier. Ich schau nach dem Hotel." „Gut, aber nimm Black mit. Black paß auf Inga auf. Verstanden?" Der Hund bellt kurz und läuft dann direkt neben Ingas schnellen Beinen.

Django gesellt sich derweil zu den Dorfbewohnern. Die hübsche Ungarin an seiner Seite. Doch seine Augen wandern zeitweise in die Runde. Die Bewohner empfangen den Neuankömmling herzlich. Einem jungen ungarischen Mann fällt auf, daß Django von Zeit zu Zeit angestrengt ins Dunkel schaut.

„Wir feiern hier. Was du suchen? Schaust immer ins Dunkel." „Ja, ich bin hinter einem Mann und einer Frau her, die vor uns ins Dorf gekommen sind. Die beiden sind sehr gefährlich. Ich weiß nicht genau was die geplant haben. Er hat einen kleinen Kasten bei sich. Mit diesem Kasten kann man zum Beispiel ein Dorf, eine Stadt oder ein ganzes Land vernichten."

Der junge Ungar schaut entsetzt. „Unser Dorf zerstören?

146

Ungarn zerstören?" „Ich denke nicht, daß er Ungarn zerstören will. Es ist ein anderes Land geplant." „Du Spezialagent? Oder Polizei?" „Nein, weder Agent noch Polizei. Ich bin nur ein Abenteurer, der die Gefahr erkannt hat und sie verhindern will. Zusammen mit meiner Partnerin." „Du verheiratet?" „Nein. Wir sind nicht verheiratet. Arbeiten nur mit unter zusammen." „Welche Gefahr du erkannt?" „Ach Mädel, das ist eine lange Geschichte. Die zu erzählen – das dauert." „Du dann gar nicht mit uns feiern?" „Das habe ich nicht gesagt. Nur muß ich auch aufpassen, was der Mann und die Frau machen."

Dann sieht er plötzlich ein kleines Licht aufleuchten und wieder verschwinden. Sollte das ein Zeichen für ihn sein? Er geht vorsichtig in die Richtung des Lichtscheins. Dann kommen zwei Gestalten auf ihn zu. Im Dunkeln sind die Gestalten nicht gleich zu erkennen. Doch dann stehen die drei beisammen. Es sind die Ermittler Burk und Reini.

Die hübsche junge Ungarin ist Django heimlich gefolgt. Jetzt er-kennt sie, daß sich die drei kennen. „Oh, hast eine neue Flamme?" fragt Reini. „Ne, wie so fragst du?" Reini macht nur eine Kopfbewegung. Django dreht seinen Kopf und sieht die Ungarin. „Ach so, ne, das Mädchen möchte nur mit mir feiern. Bei der Dorffeier hier. Nicht was ihr sonst so denkt. Inga schaut sich im Hotel nach dem Pärchen um. Black ist bei ihr." „Na, dann braucht man keine Angst um Inga haben."

Die drei gesellen sich zu den Dorfbewohnern und feiern mit. Sie bekommen reichlich zu essen und zu trinken. „Seit vorsichtig mit dem ungarischen Wein. Ihr müßt einsatzfähig bleiben." mahnt Django. „Haut der Wein so rein oder wie so die Warnung?" „Ja, der Balaton hat es in sich."

Das Mädchen an Djangos Seite fragt „Magst du nicht feiern? Du warnst deine Freunde vor unserem Wein." „Doch, ich mag schon feiern. Aber wir sind hinter Leuten her, die böses vorhaben. Willst du, daß sie ihren Plan verwirklichen können? Ein ganzes Land vernichten?" Das Mädchen schüttelt den Kopf. Schmiegt sich aber an den Mann an ihrer Seite.

Musik spielt auf. Frauen und Männer erheben sich um zu tanzen. Die junge Ungarin möchte auch tanzen. Und das mit Django. Sie schaut ihn bittend an. „Nun mach ihr schon die Freude. Wir halten die Augen offen. Django erhebt sich, schaut noch einmal Richtung Hotel und begibt sich dann zur Tanzfläche. Die Ungarin freut sich und hält seine Hand. „Ich bin Django. Wie heißt du?" „Piro."

Auf der Tanzfläche angekommen, schaut Django wie dort getanzt wird. Es ist ein alter ungarischer Volkstanz, der getanzt wird. Es dauert nicht lange, da hat er das Mädchen richtig im Arm und tanzt mit ihr den Volkstanz. Der Tanz dauert ungefähr drei Minuten. Dann folgt ein Tanz, den er aus Discos her kennt.

Burk und Reini schauen abwechselnd in die Runde und zum Hotel, ob sie etwas von dem geflüchteten Pärchen sehen. Doch sie können nichts verdächtiges finden.

Plötzlich werden einige Dorfbewohner unruhig. Ein großer schwarzer Hund läuft zwischen ihnen. Er sucht etwas. Dann hat er die richtige Witterung in der Nase und folgt ihr. An seinem Hals trägt er einen Zettel mit einer Nachricht. Der Hund läuft an den Ermittlern vorbei direkt zur Tanzfläche. Dort werden die Tänzer erschrocken. Doch der Hund kümmert sich nicht um sie. Er hebt seinen Kopf und schaut, ob er nicht endlich die Person findet, die er dringend sucht. Da hat den Mann entdeckt und läuft zu ihm. Das ungarische Mädchen erschrickt als der Hund an dem Mann hochspringt.

„Oh, was ist das?" Django schaut zu dem Hund und sieht gleich den Zettel. „Das ist ein Bote. Er hat eine Nachricht für mich. Brauchst keine Angst haben. Black tut so schnell keinem etwas, wenn er keinen Grund hat.

Django hat dem Tier den Zettel abgenommen und liest ihn. >Aha. Das Pärchen befindet sich im Hotel und ist gerade auf ihr Zimmer gegangen. Vorher waren sie im Restaurant. Es wurde besprochen, daß morgen der Kasten eingesetzt werden soll. Ziel ist ein Gestüt.<

Django sucht nach einer Schreibmöglichkeit. „Du suchen was?" „Etwas zum Schreiben. Ich muß meiner Partnerin eine Nachricht schicken." Das Mädchen läuft zu einem Tresen, holt dort einen Zettel und einen Schreiber und kehrt zu dem Mann zurück. „Hier." gibt sie ihm Schreiber und Zettel.

Django schreibt auf: Gut gemacht. Aber jetzt komm zum Dorffest. Für dich ist auch Essen und Trinken da. Wir werden das Gestüt schon finden.

Django greift nach Black. Dann befestigt er den Zettel am Hals des Hundes. „Black, lauf zu Inga. Hol sie her." Der Hund stürmt sofort los. Die kleine Ungarin kommt mit einer Schüssel Wasser. „Wo ist Hund? Ich habe Wasser zum Trinken geholt" „Keine Sorge. Er kommt wieder. Er holt nur meine Partnerin zurück." Die beiden gehen an den Tisch zu Burk und Reini

149

zurück.

„Na, gibt es Neuigkeiten? Black war eben bei dir." „Ja. Inga
hat die beiden im Hotel gefunden. Die sind jetzt auf ihren Zim-
mern. Aber morgen soll der Kasten zum Einsatz kommen. Ziel
ist ein Gestüt. Denke es soll eine Warnung werden. Denn sie
werden ja nicht den Ast absägen, auf dem sie sitzen." „Ein
Gestüt also. Das müßte dann hier in der Nähe sein." überlegt
Burk. Reini holt sein Navigationsgerät hervor und gibt ein
'Ungarische Gestüte'. Dann wartet er das Ergebnis ab.

Das kleine ungarische Mädchen hat die Worte gehört. Es ist
sehr erschrocken. „Wer will ein Gestüt kaputt machen? Warum? Pferde doch nichts getan." „Ja, wie erklär ich dir das
jetzt. Das Pärchen, das wir suchen hat einen kleinen Kasten.
Den wollen die jetzt einsetzen. Um ihren Forderungen Nachdruck zu geben, soll ein Gestüt das erste Ziel sein."

Das Mädchen hört die Worte und ist sehr traurig. „Aber, warum?" „Wir müssen jetzt heraus bekommen, wo das nächstge-
legene Gestüt liegt. Wenn wir das wissen, können wir es vielleicht retten." Das Mädchen überlegt kurz. „Ich frage mal meinen Vater. Der arbeitet auf einem Gestüt." Dann läuft es schnell
weg zu ihrem Vater. Die drei Männer sind erstaunt, daß das
Mädchen so schnell helfen kann. Aber auch erfreut. Das spart
Zeit und eine aufwendige Suche.

In der Zwischenzeit kommen Inga und Black zurück. „So, da
sind wir wieder. Die beiden bleiben auf ihrem Zimmer. Vor
morgen früh geschieht nichts." „Na, dann haben wir ja auch
noch Zeit."

Plötzlich sieht Reini drei Personen in der Menge der Dorfbewohner. Es ist Kim mit dem Professor und seiner Tochter.
„Mich laust der Affe." „Wie du hast Läuse? Das hättest du
früher sagen können." „Ne, ich habe keine Läuse. Aber da ist
die zweite Frau des Generals mit dem Professor und seiner
Tochter." Die Freunde drehen sich um und schauen in die
Richtung, die Reini ihnen weist.

„Aha, Kim und die Herrschaften aus Frankreich. Was die wohl
mit den beiden vor hat?" „Mit dem Mädchen doch nichts gutes.
Und der Professor hat doch seine Schuldigkeit erbracht." „Also
könnte sie ihn einfach erledigen." „Hat sie aber nicht. Offensichtlich benötigt sie beide. Fragt sich nur wo für?"

Die kleine Ungarin schaut auch zu den drei Angekommenen.
„Was haben die drei denn noch vor?" Sie kehrt zu den Freun-
den zurück. „Was sind das denn für Leute?" „Zwei sind Geiseln. Die drahtige Frau ist die böse Person. Gehört zu dem
Pärchen im Hotel." „Was hat dein Vater gesagt?" „Das nächste
Gestüt – also das, wo er arbeitet – ist eine halbe Stunde von
hier entfernt." „Welche Richtung?" Die Ungarin zeigt nord-
östlich.

Die Ermittler erheben sich „Wir beide müssen los. Danke, Mädel, du hast uns schon sehr geholfen." „Das war doch noch
nicht alles. Papa hat gesagt, er ruft sofort im Gestüt an und
warnt die."

„Das ist eine gute Idee. Aber mit dem Kasten brauchen die Ga-
noven nicht so dicht heran. Das funktioniert auf eine größere
Distanz. Wenn die im Gestüt den Strahl sehen, ist es auch
schon um sie geschehen."

Das Mädchen setzt sich hin und beginnt heftig zu weinen. Inga setzt sich zu ihr und der Hund legt seine Schnauze auf ihr Knie. „Burk und Reini fahren doch schon rüber um die Gegend zu untersuchen. Und dann werden sie aufpassen, wann das Pärchen in die Nähe des Gestüts rücken."

Die Ungarin streichelt den Hund. Sie spürt, daß er sie trösten will. „Was können die beiden denn gegen das Pärchen ausrichten, wenn die nicht so dicht ans Gestüt brauchen?" „Sie können Django unterrichten und der wird dann die Aktion versuchen zu verhindern." „Wie denn? Er ist doch alleine." „Nicht ganz. Du darfst sein Pferd nicht unterschätzen. Das kann ganz schön überraschen." „Er macht das mit einem Pferd?" „Ja. Er macht das mit seiner Maybe." „Ja. Und Black ist auch dabei. Und die beiden Jungs, die schon unterwegs sind helfen auch."

Ein Mann nähert sich dem Tisch mit den beiden Frauen. Es ist der Vater der kleinen Ungarin. „Da bist du." sagt er zu seiner Tochter. „Das Gestüt weiß Bescheid. Die bringen die Tiere jetzt raus. Weg von den Gebäuden, rein in die Pußta. Die ist weit genug." „Papa, daß ist der Mann, der uns helfen will." Der Vater begrüßt Django. „Sie wollen unser Gestüt retten? Aber alleine gegen die Banditen?" „Erstens. ich bin nicht allein. Meine Partnerin sitzt neben ihrer Tochter. Und dann habe ich noch mein Pferd und den Hund dabei. Freunde von mir sind bereits unterwegs Richtung Gestüt um zu erkunden, wann die Banditen genau kommen."

Der ungarische Mann hört die Worte. Legt seine Hände bei seiner Tochter auf die Schultern. „Gut, das meine Tochter gerne mit fremden Personen zusammen ist. So konnte ich jedenfalls beim Gestüt schon eine Warnung hinterlassen." „In diesem Fall hat sie die richtigen fremden Personen getroffen. Es kann auch mal schief gehen." „Aber ihr werdet doch helfen das Gestüt zu retten." „Ja. Danke, das wir bei der Dorffeier dabei sein durften. Nun muß ich mich für die Gestütsrettung vorbereiten." Django erhebt sich, sammelt seine Utensilien zusammen und geht von der Dorfgemeinschaft weg. Der schwarze Hund und Inga folgen ihm.

„Du wirst nicht alleine das Gestüt retten. Meine Kollegen vom Gestüt werden helfen." „Papa, dort die drahtige Frau hat zwei Geiseln. Sie gehört zu dem gefährlichen Pärchen im Hotel." „Du meinst, der Mann und die zweite Frau brauchen Hilfe? Die sollen die bekommen. Ich werde die drahtige zum Tanz auffordern." „Und ich werde mit dem Mann tanzen. Vielleicht hilft Boris noch und tanzt mit der zweiten Frau." „Ja, und ihr tanzt mit den beiden weg und bringt sie in Sicherheit."

Vater und Tochter begeben sich zu den Neuankömmlingen. Er geht so gleich auf Kim zu „Guten Abend. Wir feiern hier heute ein wenig. Kommen sie, ein Tanz kann nie schaden." Kim schaut den ungarischen Mann an. Sie überlegt >jetzt bloß kein Aufsehen erregen. Die beiden Geiseln können ja nicht fliehen.< „Warum nicht." Und schon ist sie auf dem Weg zum Tanzparkett. Der Ungar tanzt gleich so mit ihr, daß sie nicht zu ihren Geiseln schauen kann.

Nach dem Kim außer Reichweite ist, geht das ungarische Mädchen zu Professor Dumont und seiner Tochter. „Hallo, ich bin Piro und das ist Boris. Wir wollen euch helfen. Mein Vater tanzt mit der Person, die euch hergebracht hat." „Gut, das sie uns helfen wollen. Aber die Frau ist gefährlich." „Das wissen wir. Ein Reiter und seine Partner haben es uns erzählt. Der Reiter ist unterwegs um eins unserer Gestüte zu retten."

Jetzt wissen Professor Dumont und seine Tochter Lina, das sie hier richtig sind. Er schaut zur Tanzfläche, ob Kim nichts mitbekommt. Dann entfernen sich die vier von dem Tisch.

Als Kim wieder Sicht zu dem Tisch hat, ist er verlassen. Sie unterbricht ihren Tanz. >Wo sind die beiden denn jetzt?< fragt sie sich. „Sind sie schon müde vom Tanzen?" hört sie. „Nein, das nicht. Nur die beiden, die mit mir hergekommen sind, sitzen nicht mehr am Tisch." „Sie werden sicher auch tanzen. Sind doch genug Tanzpartner vorhanden."

Kim schaut sich auf der Tanzfläche um. Kann aber keinen der beiden finden. „Dies ist nur eine Tanzfläche. Wir haben hier mehrere."

Kim läßt den Mann auf der Tanzfläche stehen und geht zu dem Tisch, an dem Dumont und seine Tochter saßen. In der Zeit hat Piros Vater einige Dorfbewohner per Handzeichen zu Hilfe gerufen.

Während Kim die Spuren beim Tisch untersucht kommen vier Männer heran. „Na, was suchen wir denn? Die Uhr verloren oder eine Kette?" hört Kim. Sie will nach ihrem Revolver greifen, doch da spürt sie starke Hände an ihren Armen.

„Aber nicht doch, gute Frau. Es ist doch nicht nötig eine Waffe zu ziehen nur weil man angesprochen wird." Kim wird von zwei starken Männern festgehalten. „So, jetzt kommen sie mal ruhig mit. Sie werden uns jetzt erst mal erzählen, was sie hier wollen. Und warum sie mit Geiseln herum laufen."

154

Kim wird von vier starken ungarischen Männern von dem Feierplatz weggeführt. Für Kim ist es unmöglich sich gegen diese Männer zur Wehr zu setzen.

Während Kim von den Männern des Gestüts weggebracht wird, kommen Dumont und seine Tochter aus einer anderen Ecke und werden zur Dorffeier geführt. Ein kurzer Tisch ist noch gedeckt. „Hier ist ein Tisch noch gedeckt. Setzt euch ran und dann könnt ihr erst mal essen." „Wirklich? Wir dürfen hier essen? Das ist kein böser Scherz?" fragt Dumont. „Das ist kein Scherz. Setzt euch hin und greift zu." Piro nimmt Boris beim Arm „Boris, kennst du die Reiter, die vorhin hier waren?" „Mit denen du mich eifersüchtig machen wolltest? Klar kann ich mich daran erinnern. Warum fragst du?" „Weil du der bessere Reiter von uns bist, wirst du dir mein Pferd nehmen und Richtung Gestüt reiten. Du mußt ihm sagen, daß wir die Geiseln befreit haben."

Boris macht sich sofort auf den Weg in den Stall. Dort angekommen, sattelt er Piros Pferd, führt es aus dem Stall und reitet schnell in die Richtung, die Piro ihm gesagt hat. Er findet schnell die Spur von drei Tieren. Dieser Spur muß er folgen.

*

Im Hotel sind der General und Anika untergetaucht. Im Eintragungsbuch haben sie sich mit falschen Namen eingetragen. Die entsprechenden Ausweise haben sie dafür. Im Restaurant haben sie ausführlich gespeist. Danach sind sie auf ihre Zimmer gegangen. Kurz darauf ist Anika in das Zimmer des Generals gegangen.

Inga hatte die beiden im Restaurant entdeckt. Dann hat sie die beiden beobachtet. Dank moderner Technik in Form von kleinen Abhörgeräten hat sie die Gespräche der beiden verfolgt. Und so erfahren, daß es jetzt ernst werden soll.

Am kommenden Tag soll das am dichtesten gelegene Gestüt per Laserstrahl vernichtet werden. Egal was dort für Pferde gehalten und gezüchtet werden. Auch die Angestellten und Betreiber des Gestüts sollen mit vernichtet werden.

Anika besucht noch einmal ihren Chef. „Na, Anika, was gibt es denn noch?" „Wir haben ja gar nicht besprochen, wie wir zu dem Gestüt kommen." „Ja, also der Geländewagen geht ja nicht mehr. Kein Sprit. Da müssen wir uns wohl ein anderes Fahrzeug besorgen. Mit einem Taxi oder Bus fahren wir schon mal nicht. Wir müssen beweglich bleiben." „Dann muß ja noch ein Fahrzeug besorgt werden. Aber wo?" „Wir sind hier im Hotel. Schon vergessen? Die Urlauber, die hier sind, sind nicht nur per Luft gekommen. Einige auch mit eigenem Auto." „Woher weißt du das?" „Ich war vorhin mal in der Hotelgarage. Dort ist eine kleine, aber feine Auswahl." „Und an was für ein Auto hat der General gedacht? Doch bestimmt schon eins ins Visier genommen." „Neugierig ist Anika aber gar nicht." „Nein, ich muß es immer vorher wissen, auf was ich gefaßt sein muß."

Der General erhebt sich von dem Sessel seines Zimmers, ergreift sein Handy, geht zu der Frau und zeigt ihr ein Bild, das er in der Garage gemacht hat. Es zeigt einen normalen Audi 4x4. Also wieder ein Fahrzeug mit Allrad.

„Wow, ist das ein Auto. Wieder mit Vierrad-Antrieb. Aber

diesmal kein englisches Modell." „Nein. Es ist ein deutsches Modell." „Aber die Farbe – sie ist weiß." „Und? Die Farbe ist doch egal. Hauptsache wir haben ein Auto." „Und wenn dieser komische Reiter kommt?" „Anika – der Audi hat Allrad." „Ja. Aber kann es springen?" „Was soll das denn jetzt? Der Wagen ist schnell. Schneller als ein Pferd. Da braucht es nicht springen."

Anika freut sich über das Auto. Hat aber auch irgendwie Angst vor dem Reiter, der ihnen offensichtlich folgt. Der General fragt sich, was mit seiner Komplizin los ist. Warum sie plötzlich Angst vor einem Reiter hat.

„Anika, geh in dein Zimmer und schlafen. Morgen müssen wir früh auf die Beine und auf Reise." Die Frau verläßt das Zimmer ihres Chefs. Langsam geht sie in ihr Zimmer. Schließt die Tür von innen ab, als ob sie Angst vor ihrem Chef hat.

>Er hat ein Auto für uns gefunden. Aber was wird der Reiter machen? Wird er vor ihnen beim Gestüt sein? Weiß er bereits wo sie sind?<

Anika muß sich eingestehen, daß sie Angst hat. Nicht vor ihrem Chef dem General. Sie hat Angst vor einem Reiter, der mit sei-nem Pferd überall hin kommt. Und das ziemlich schnell. Wie macht der Reiter das? Das ist der Frau ein Rätsel.

Anika schüttelt ihren Kopf. Dann macht sie sich fertig für das Bett und legt sich schlafen.

Ein paar Zimmer weiter liegt der General in seinem Bett. Er denkt über seine Partnerin nach. Was hat sie? Wieso hat sie

plötzlich Angst vor einem Reiter? Kennt sie den Reiter?
Dann schläft der General ein.

*

Ein Auto fährt vorsichtig durch die Pußta. Das Ziel des Fahrzeugs ist ein Gestüt. Doch wo ist das Gestüt, das bedroht werden soll. Scheinwerfer leuchten mal stark auf und gehen wieder
auf normal Schein zurück. Die Insassen des Fahrzeugs werden
langsam müde vom suchen.

„Wie sollen wir das Gestüt finden, das der General vernichten
will? Eine genaue Position haben wir ja nicht. Da können wir
ja lange suchen." „Ich bin dafür, daß wir erst mal schlafen. Und
morgen weiter suchen." „Wenn das dann nicht schon zu spät
ist." „Also der General übernachtet im Hotel. Der ist vor morgen mittag auch nicht in der Nähe des Gestüts."

Die beiden Ermittler stellen ihr Fahrzeug im Schutz von Büschen und Bäumen ab. „Was nehmen wir zum Abendbrot?"
„Scheibe Brot bedeckt mit Daumen und Zeigefinger."
„Schmeckt das denn?" „Weiß nicht. Habe ich noch nicht
probiert." „Aber auf die Menuekarte setzen. Du bist vielleicht
ein Clown."

Reini findet in seinem Rucksack dann doch noch was essbares.
„Dann habe ich noch Verpflegung a la Bundeswehr." „Naja,
wer sagt's denn. Wer suchet, der findet. Dann teil mal die Ra-
tion auf."

Die beiden nehmen ihr klägliches Abendmahl zu sich. Dann
nehmen sie, so gut es geht im Auto, eine Schlafposition ein.

158

Das Fahrzeug verlassen sie aus Sicherheitsgründen nicht. Daher wissen sie auch nicht, daß sie sich bereits auf dem gewaltigen Gelände des Gestüts befinden.

Sechs Stunden später wacht Burk auf. Er schaut seitlich aus dem Auto und glaubt er sieht nicht richtig. Sein Blick geht nach vorn. Dort sind auch Tiere. Es sind Pferde. >Sind wir denn schon auf dem Gestüt? Wir sind ja von Pferden umgeben. Wo kommen die denn her?< „Eh, Reini, mach mal die Augen auf. Aber ganz vorsichtig, sonst bekommst du einen Schreck."

Reini hört die Worte seines Freundes und öffnet seine Augen. Gleich darauf schließt er sie wieder. Dann blinzelt er erst mit einem Auge und schaut dann ganz erstaunt die Herde an, die um das Auto steht. „Wo kommen die denn her? Hast du einen Zauberspruch losgelassen Burk?" „Ne, ich habe auch geschlafen. Und wie ich aufwache, stehen die Pferde um uns herum." „Wo kommen die denn her?" „Denke mal, wir sind bereits auf dem Gestütsgelände." „Aber gestern Abend waren die Tiere noch nicht hier." „Die muß einer bereits raus gelassen haben. Gestern Abend. Die Pußta ist groß. Bis die Tiere dann hier sind, das dauert." „Und wo ist das Gestüt nun wirklich?"

Burk steigt aus dem Auto und geht zu einem der Pferde. Das Tier hebt mißtrauisch den Kopf. „Brauchst keine Angst haben, Brauner. Ich tu dir nichts. Möchte nur wissen, zu welchem Gestüt du gehörst." Er streckt die flache Hand aus um dem Tier Vertrauen zu zeigen.

Der Braune schnaubt und springt ein paar Sätze zur Seite. Es ist ein junger Hengst. Aber er ist auch neugierig. Burk geht weiter auf ihn zu. „Hey, du brauchst wirklich keine Angst haben. Sicher hast du ein Brandzeichen, das mir sagt zu welchem Gestüt du gehörst. Mehr will ich gar nicht von dir." redet er auf das Tier ein. Dann steht er neben dem Tier. Streicht ihm vorsichtig über den Hals. Dann über den Rücken, bis er die Flanke erreicht. Der Hengst bleibt ruhig stehen. Als wenn er die Worte des Mannes verstanden hat. Burk schaut die Flanke an. Geht um das Tier herum und schaut die andere Flanke. Es ist kein Brandzeichen zu erkennen. „Das ist ja toll. Kein Brandzeichen. Und wo gehört ihr jetzt hin? Kann mir das mal einer sagen?"

„Ja. Ich." hört er hinter sich. Burk dreht sich langsam um. Hinter ihm steht ein Reiter. „Wer sind sie denn?" fragt er den Reiter. „Ich bin Boris und komm aus dem Dorf, wo gefeiert wurde. Die Pferde gehören zu dem Gestüt, das einen Kilometer in östlicher Richtung ist." „Wieso sind sie überhaupt hier? Ist die Feier schon beendet?" „Für mich war sie gestern Nacht schon zu Ende. Piro hat mich hergeschickt um ihnen zu sagen, daß heute dieses Gestüt vernichtet werden soll. Von einem General."

Reini steigt aus dem Wagen „Brauchst du Hilfe? Wer ist der Mann?" „Das ist ein Meldereiter. Hat mir gerade gemeldet, daß dieses Gestüt heute vernichtet werden soll. Vom General." „Toll. Ich sehe aber nur Pferde und keine Gebäude." „Die sind auch in der Entfernung von einem Kilometer östlich." „Und worauf warten wir dann noch? Auf eine Postkutsche oder nehmen wir einen Flieger?" „Du fängst dir gleich einen Flieger. Das Gestüt erreichen wir in 10 Minuten. Wir müssen die Leute dort warnen."

„Die Leute sind bereits gewarnt. Darum sind die Pferde auch hier draußen. Piros Vater arbeitet in dem Gestüt und hat per

Telefon die Warnung durchgegeben." „Danke für die Nachricht. Aber wie haben sie uns so schnell gefunden?" „Ich nicht. Das war das Pferd von Piro. Es ist einfach geradewegs hierher gelaufen. Piro hat mir gesagt, ich muß euch informieren. Der Mann, der mit Piro gestern Abend getanzt hat, konnte noch nicht los." „Ich weiß. Der General im Hotel." „Und der schwarze Hund ist mit der Partnerin zusammen im Hotel, die Banditen beobachten." „Der gute Black. Muß er auf Inga aufpassen. Sie braucht ja auch einen Kurier." sagt Reini.

„Boris, danke für die Nachricht. Und für die Richtugsangabe des Gestüts. Machst dich gut als Meldereiter. Wir fahren jetzt rüber zum Gestüt. Müssen dort sein, bevor der General mit seiner Dame anrückt." „Kann ich noch etwas tun?" „Ja, nach Hause reiten und Piro von uns grüßen." Boris wendet das Pferd und reitet wieder zum Dorf zurück. Diesmal nicht so schnell wie er gekommen ist.

Die Ermittler steigen in ihr Fahrzeug und fahren sofort in die Richtung, die Boris den beiden genannt hat. „Jetzt hat Django schon einen Meldereiter. Was holt er sich noch heran?" „Das war kein Meldereiter von Django. Das war der Meldereiter von Piro, dem ungarischen Mädchen." „Egal. Aber wir arbeiten nicht ganz allein. Das ist beruhigend." „Wenn die Polizei nicht zur Hand ist, muß man nehmen, was man kriegen kann."

Nach wenigen Minuten sehen sie die ersten Gebäude des Gestüts. „Fahren wir dort rein oder wie machen wir das?" „Nein. Einer geht hinein. Einer muß aufpassen, daß er den General rechtzeitig findet." „Burk, du hat vorhin da draußen mit den Pferden gesprochen. Jetzt bin ich an der Reihe. Also gehe ich zu den Gebäuden." Und schon ist Reini ausgestiegen und läuft in gebückter Haltung zu den ersten Gebäuden des Gestüts.

Burk fährt das Auto abseits des in Deckung. Dann verläßt er das Fahrzeug und sucht eine geeignete Stelle, von der er die umfangreiche Gegend beobachten kann. Nach einigem Suchen findet er einen kleinen Steinwall. Schnell begibt er sich dort hin.

Keine Minute zu spät. Denn als er auf dem Wall ist, erkennt er eine winzige Staubwolke am Horizont. >Aha, das Tötungskomando ist im Anmarsch. Wo die wohl Position beziehen.<

Reini hat das erste Gebäude erreicht. Dringt in den Stall und schaut sich vorsichtig um. Plötzlich greifen vier starke Hände nach ihm. „Na, was haben wir denn hier verloren? Willst unser Gestüt vernichten, was?" Nach dem er den Schreck überwunden hat, sagt er „Moin, Leute, ich bin nicht derjenige der das Gestüt vernichten will. Der wird auch nicht hier in die Gebäude kommen, sondern sich irgendwo draußen verstecken." „Und was willst du dann hier?" „Euch helfen so viel wie möglich in Sicherheit zu bringen. Pferde habe ich schon draußen in der Pußta gesehen." „Ja, die sind alle draußen. Weit weg von den Gebäuden. Wir wurden gestern am späten Abend noch gewarnt. Per Telefon. Jetzt sind nur noch das nötige Personal hier." „Und ihr müßt euch auch in Sicherheit bringen." „Wir verlassen das Gestüt nicht. Keiner hat das Recht uns das Gestüt zu nehmen. Wir werden es verteidigen, so gut wir können." „Gegen einen Laserstrahl könnt ihr nichts machen. Und damit wollen Banditen das Gestüt zerstören."

Die Angestellten des Gestüts sind nun sichtlich erschrocken. Hilflos schauen sie sich um. Das alles hier sollen sie verlieren.

162

Ihren Arbeitsplatz, ihre Tiere, ihre Freunde, ihre Heimat. Alles wollen Banditen ihnen nehmen. Einfach so. Dabei haben sie doch niemandem etwas getan. Einige fangen vor Hilflosigkeit an zu weinen.

„Es muß ja nicht passieren. Mein Kumpel ist draußen und beobachtet die Gegend. Wir versuchen schon alles um das Drama zu verhindern. Und dann kommen bestimmt noch Freunde von uns, die uns helfen werden."

Die Angestellten des Gestüts hören die Worte. „Ein Mann beobachtet unser Gelände?" „Nicht das Gelände des Gestüts. Das umliegende Gelände. Vorwiegend aus der Richtung des nächsten Dorfes. Denn von dort werden die kommen." „Und deine Freunde? Von wo kommen die?" „Auch aus der Richtung. Aber die nehmen nicht die Straße. Die Banditen werden jedoch die Straße benutzen, da sie dort schneller voran kommen." „Und Freunde kommen wie?" „Mit Pferden. Und sie haben einen Hund dabei." „Mit Pferden. Dann sind die Banditen schneller. Kommen mit Auto." „Wer letztendlich schneller ist, kann ich nicht sagen. Aber Django läßt sich nicht so schnell abschütteln. Der wird sehen, daß er vor dem Auto hier ist."

Die Angestellten schauen den Ermittler an. Ein Reiter schneller als ein Auto? Das geht doch nicht. Auch die Pferde des Gestüts sind schnell. Werden ja auch für Rennen gezüchtet. Was muß der Mann für ein Pferd haben, daß schneller ist als ein Auto.

Während Reini seine Ansprache hält, ertönt sein Funkgerät „Reini, das Tötungskomando ist im anrollen. Ich habe eine kleine Staubwolke auf der Straße bemerkt. Wo die sich aber verstecken wollen, weiß ich noch nicht."

Alle haben die Meldung gehört. Jetzt ist es soweit. Die Banditen sind im Anmarsch. Unruhe macht sich unter den Leuten breit. Dann hören sie das Funkgerät erneut. „Aus der Pußta kommt ebenfalls eine Staubwolke. Die ist aber größer. Hoffentlich kommt die Pferdeherde nicht zurück."

Eine zweite Staubwolke aus der Pußta. Wieder fangen viele Personen vor Angst an zu weinen. „Jetzt ist alles aus. Aus zwei Richtungen kommt die Gefahr auf uns zu." „Leute, die Staubwolke aus der Pußta – möchte wetten, das ist Django mit Inga. Und da sie mit Pferden unterwegs sind, folgt ihnen die Herde aus der Pußta."

„Die Pferde kommen zurück? Das darf nicht sein." „Ich denke, Django nutzt die Tiere als Helfer. Denn wenn der aufwirbelnde Staub den anderen die Sicht nimmt, können sie nicht das Gerät ausrichten. Der Staub nimmt ihnen ja die Sicht auf das Objekt."

„Gibt es denn kein Gegenmittel für das gefährliche Gerät?" „Das kann ich nicht sagen. Bin kein Elektroniker. Aber die Idee ist nicht schlecht. Den Banditen die Sicht auf das Gestüt zu nehmen." „Und wo sind die Banditen?" „R an B: wo ist der General jetzt?" „Der sucht sich einen schönen Platz, von dem er mit dem Kasten arbeiten kann. Offensichtlich soll ein Strahl alles auf einmal vernichten." „Dann muß er auf einen sehr hohen Berg klettern. So geht das nicht. Hier sind nicht solche Berge." „Zur Zeit steht ein Auto etwa 15 Grad nördlicher Richtung des Gestüts."

Einer der Angestellten holt eine Karte der Gegend hervor.

164

Breitet sie aus und schaut wo das Gestüt liegt. Dann sucht er nach Anhöhen. Berge gibt es hier nicht. Er findet eine Anhöhe in südlicher Richtung. Diese Anhöhe befindet sich in einer Entfernung von ca. 100 Kilometer.

Der Angestellte schaut den Ermittler an „Eine Anhöhe ist ca. 100 Kilometer von uns entfernt. Hätte dann eine Höhe von ...“ „Wollen hoffen, daß der General nicht so eine Karte hat. Das wäre nämlich genau richtig für ihn.“

In der Zeit ist die große Staubwolke schon erheblich dichter gekommen. „Und wenn er die Tiere zu erst vernichtet, damit er freie Sicht auf das Gestüt bekommt?“ „Das wollen wir mal nicht hoffen.“

Da meldet sich Burk per Funk „B an R: ich habe so eben eine weitere Staubwolke entdeckt. Sie ist etwa auf der Höhe der Straße aus dem Dorf. Kann aber nicht erkennen, wer der Verursacher ist.“ „Gut, habe verstanden.“ Reini beginnt zu grübeln. >Wer kann das jetzt sein? Erhält der General Verstärkung oder sind es Personen, die uns helfen wollen.<

„Burk, wie weit ist die Staubwolke noch entfernt?“ „Welche? Die erste oder die zweite? Die erste dürfte gleich bei euch ankommen. Die zweite ist noch gut zwanzig Minuten entfernt. Je dichter sie kommt, um so größer wird sie.“

Die Angestellten des Gestüts haben alles mitgehört. Einige laufen aus dem Gebäude, um zu schauen, was da auf das Gestüt zu kommt. Dann sieht der erste Angestellte die Staubwolke herankommen. Er erkennt, das die große Pferdeherde zurück kommt. Aber nicht allein. Nicht der Leithengst führt die Herde. Vorweg kommen zwei Reiter.

„Die Pferdeherde kommt zurück." ruft er und läuft zum Gebäude, wo Reini und die anderen sind. „Die Pferde kommen zurück. Die Pferde kommen." „Ja, ja. Wir haben es gehört. Sind ja nicht taub. Das hatte ich mir auch schon gedacht." kommt es von Reini.

Ein anderer Angestellter sagt jetzt „Aber nicht Gero führt die Herde. Vorne sind zwei Reiter." Über Reinis Gesicht legt sich ein breites Grinsen. „Also doch. Django kommt mit seiner Spezialkavallerie." „Womit kommt Django? Wer ist Django?" wird der Ermittler gefragt. „Mit seiner Spezialkavallerie. Er führt die Herde und verursacht die Staubwolke." „Und wer ist das?" „Der Mann, der hinter den Banditen und dem kleinen gefährlichen Kasten her ist. Er sieht aus wie ein Abenteurer. Hat aber ein sonniges Gemüt."

*

Der General und Anika haben in der Hotelgarage den Audi 4x4 geklaut. Jetzt sind sie unterwegs in Richtung Pußta. „General, wo liegt denn das Gestüt, daß dran glauben soll?" „Am Rande 161
der Pußta. Genau weiß ich es noch nicht, aber wir werden es finden." „Und wenn die bereits gewarnt wurden?" „Von wem? Von dir? Oder etwa von Kim? Kim weiß es nicht. Folglich kann sie auch nicht irgend wen warnen. Hier ist sie auch nicht." „Ich habe die auch nicht gewarnt. Warum auch. Aber es waren gestern Abend so viele beim Dorffest. Wenn da einer der Verfolger darunter war."

An die Möglichkeit hatte der General noch gar nicht gedacht. Das Verfolger unter den Dorfbewohnern hätte sein können. „Woher sollte einer unser Vorhaben kennen? Hast du jemanden bemerkt, der uns belauscht hat?" „Nein, das habe ich nicht. Aber es gibt heutzutage bereits Geräte, mit denen kann man Gespräche mithören, ohne daß man daneben oder dahinter sitzt." „Das weiß ich auch. Du meinst, es könnte jemand unser Gespräch auf diese Weise abgehört haben. Aber dazu müssen die Verfolger erst mal gewußt haben, wo wir sind."

Sie erreichen die Pußta und fahren dann in östlicher Richtung weiter. „Wo ist denn das Gestüt?" „Am Rande der Pußta. Wie weit vom Dorf entfernt, weiß ich nicht."

Sie fahren noch eine Stunde. Dann sagt Anika „Da vorne ist ein Gebäude." „Ein Gestüt hat ja wohl mehr als ein Gebäude." „Das stimmt. Aber eins kann ich schon mal sehen."

Der General schaut in die Richtung, in die Anika schaut. Es ist vor ihnen. Auf der linken Seite. Bei der Weiterfahrt sehen sie noch weitere Gebäude beim ersten Gebäude. Dann eine halbhohe Mauer. „Anika, es scheint das Gestüt zu sein. Jetzt müssen wir noch einen Platz finden, von dem aus wir den Laserstrahl senden können." „Geht das nicht von hier aus?" „Nein, das geht nicht. Es ist zu niedrig. Wir brauchen einen Berg oder so etwas." „Die Alpen sind aber nicht hier." „Hast du eine Karte von hier? Vielleicht finden wir ja einen Berg oder entsprechende Anhöhe."

Anika sucht nach einer Karte. Im Handschuhfach des Audis findet sie eine Karte von Ungarn. Sie halten an, um die Karte anzuschauen. „Laß mal schauen. Also, hier ist die Pußta und

wir befinden uns jetzt hier. Sind auf der Karte Gestüte ver-
zeichnet?"

Sie drehen und wenden die Karte um Erklärungen von Gebäuden zu finden. „Jetzt müßte man ungarisch können. Verdammt,
warum steht das nicht in deutsch oder englisch hier drin?"

„Wenn wir hier sind und dort sind Gebäude eingezeichnet,
dann kann das nur ein Gestüt sein." „Gut, und wo ist der
nächste Berg?" Die beiden schauen ganz intensiv die Karte an.
Einen Berg finden sie nicht. Wohl aber die Anhöhe, die Reini
und die Angestellten auch gesehen haben.

„Das ist aber weit weg vom Gestüt." „Macht doch nichts. Der
Strahl kommt trotzdem an." „Schau mal, hier ist doch auch etwas, wo wir es machen könnten. Das wäre dann ..." Anika
schaut sich die Gegend an und findet die kleine Anhöhe. „Dort.
Etwa 150 Meter und dann rechts." „Wir können ja mal hinfahren und schauen, ob es ideal ist."

Sie fahren zu der Stelle, die Anika gefunden hat. Biegen dann
rechts ab und verstecken den Audi. Dann steigen sie aus und
untersuchen das Gelände.

Der General nimmt den Kasten aus seiner Manteltasche und
stellt ihn auf einen großen und breiten Stein. Gerade als er den
Kasten auf das Gestüt ausrichten will ruft Anika „Was ist das
denn da links? Sieht aus wie eine Staubwolke. Bildet sich jetzt
hier eine Windhose?"

Der General schaut in die angegebene Richtung und sieht die
Staubwolke. „Das ist keine Windhose. Da zieht etwas entlang,

was den Staub aufwirbelt. Kann sein, daß eine Pferdeherde in die Stallungen geholt wird." Er wendet sich wieder dem kleinen Kasten zu. Schaut zu dem Gestüt rüber, dreht den Kasten ein wenig und hockt sich hin um genau peilen zu können. Dann stellt er fest, daß der Kasten zu gerade steht. Um das Gestüt treffen zu können, müßte der Kasten hinten etwas hoch stehen.

„Hast du etwas, womit wir den Kasten etwas schräg stellen können? So in gerader Stellung geht der Strahl drüber weg."
„Wie schräg muß er denn stehen?" Anika schaut gar nicht zu dem Kasten, sondern in die Gegend. So entdeckt sie auch die Staubwolke auf der Straße. „Da kommt etwas auf der Straße mit hohem Tempo. Jedenfalls mit einer großen Staubwolke."
„Was Staubwolke auf der Straße? Das können nur schnell fahrende Fahrzeuge sein. Sind die Verfolger denn wirklich schon wieder hier?"

Der General geht zu der Frau und vergewissert sich über die zweite Staubwolke. Tatsächlich, da rauschen Fahrzeuge heran. Er versucht sie zu zählen und zu erkennen. „Mist. Man kann nicht erkennen, was da heran kommt. Ob es Polizei ist oder doch nur ein Konvoi, der keine Gefahr bedeutet."

„Ja, warum muß das nur so stauben?" „Hat ja lange nicht geregnet. Müssen nur beobachten, wo die hinfahren. Fahren die zum Gestüt, sind das die Verfolger oder Helfer der Verfolger."
„Und wenn die weiter fahren?" „Haben wir vielleicht Glück und es ist ein Konvoi, der vorbei fährt."

Die beiden beobachten die Straße. Die Fahrzeuge trennen sich plötzlich. Einige fahren weiter, andere nehmen Kurs auf das Gestüt. „Also, es fahren welche zum Gestüt." „Das können auch welche sein, die dort arbeiten. Immerhin haben wir morgens." Der General hat genug gesehen und dreht sich um, um sich wieder dem Kasten mit der Lasertechnik zu zuwenden.

Anika beobachtet die Gegend weiter.

*

Die Staubwolke aus der Pußta kommt beim Gestüt an. Es ist tatsächlich die Pferdeherde, die vorher Burk und Reini morgens beim Auto hatten. Sie wurde angeführt von Django und seiner Partnerin.

Im Gestüt angekommen, springen beide aus dem Sattel. „Moin, warum wirbelt ihr eigentlich so ein Staub auf? Was sollen die Pferde hier? Die wurden doch raus gejagt, weil das Gestüt bedroht wird." Django holt erst mal Luft. Die letzte Strecke war für beide Reiter sehr anstrengend.

„Wir haben die Herde mitgebracht, weil der General hier in der Gegend ist. Es gibt nur drei Mittel, die Naturmittel Feuer, Wasser und Wind. Nutzen wir vorerst den Wind. Mit seiner Hilfe können wir eine Staubwolke schaffen und ihnen die Sicht nehmen. Einen Graben zu bauen, der verhindert, daß das Feuer auf die Gebäude des Gestüts dringt, können wir aufgrund Zeitmangels vergessen." Es wurde heute früh ein weißer Audi im Hotel des Dorfes geklaut. Der Audi hat 4x4. Ist also Allrad. Das weißt auf den General hin. Er ist folglich mit einem Geländewagen unterwegs."

„Unser Außenposten hat einen Audi 4x4 gesehen. Demnach sind der General und seine Dame hier in der Gegend. Er muß aber einen Berg oder eine entsprechende Anhöhe suchen und nehmen, um das Gestüt auf einmal zu vernichten. Der nächste geeignete Berg – nenne ich mal so – wäre 100 Kilometer entfernt."

Da meldet sich das Funkgerät „Reini, die bauen etwas auf der kleinen Anhöhe rechts vor mir auf." „Moin Burk, das ist der kleine Kasten, den wir haben müssen." „Moin Django, bist schon hier? Wann hast du denn gesattelt?" „Gar nicht. Das haben die Dorfbewohner gemacht. Beide Pferde." „So gut möchte ich das auch mal haben. Die Staubwolke, die ins Gestüt zog, warst demzufolge du mit Inga." „Stimmt. Und ungefähr 100 ungarische Vollblüter." „Welches Mittel hilft gegen Laserstrahl?" „Sicht nehmen. Keine Sicht, keine Peilung." „Na, Reini, dann wirbel mal Staub auf."

Django, Reini und Inga hören hinter sich emsiges Treiben. Sie schauen sich um und trauen ihren Augen nicht. Da satteln doch einige Angestellte des Gestüts Pferde. Django geht zu einem der Angestellten und fragt „Hey, was soll das denn werden, wenn es fertig ist? Ihr sattelt einfach Pferde." Der Angesprochene antwortet „Ihr kommt her, wollt unser Gestüt retten. Und wir helfen euch dabei. Hast doch eben selber gesagt – Staub aufwirbeln. Meine Kollegen und ich werden mit der großen Herde Staub aufwirbeln. Andere Kollegen werden mit Fahrzeugen Staub machen. Gut?"

Django und Inga sind sprachlos. Dann sagt er zu Inga „Was machen wir denn eigentlich hier? Die helfen sich selbst." „Laß die doch mit der Herde und den Maschinen Staub machen. Dann haben wir Zeit uns um den Kasten zu kümmern." „Hast Recht, Mädel."

Per Funk kommt da „Von 10 Uhr kam eine sehr große Staubwolke. Als die Verursacher bei mir vorbei kamen, habe ich gesehen, daß es eine große Autokolonne war. Das meiste mit blauen Lämpchen drauf." „Ach, die Kameraden der Polizei sind eingetroffen."

In dem Augenblick steht der Polizeichef schon neben dem Abenteurer. „Ja, wir sind auch hier. Was haben die denn mit den Pferden vor?" „Ach die. Die wollen nur ein bißchen Staub aufwirbeln." „So. Und warum das?" „Damit der General und sein Flittchen nichts sehen können." „Aha, wo ist der denn?" „Sie sind doch die Straße gekommen. Dann sind die Fahrzeuge alle an ihm vorbei gefahren."

Django nimmt den Chef mit zur Tür „Dort drüben, auf der Anhöhe sitzen die beiden." „Dann werden wir mal da rüber und die beiden einfangen." „Das werdet ihr nicht tun. Ihr könnt den Angestellten mal helfen mit Staubwolken. Den General übernehme ich." „Und wie wollt ihr dem Mann den Kasten wegnehmen?" „Och, das werde ich ja nicht tun. Ich werde ihn nur ablenken. Inga wird die Lady beschäftigen und den Kasten – den wird mein kleiner schwarzer Freund hier mal mitnehmen."

Der Polizeichef ist erstaunt. „Wie? Der Hund soll den Kasten nehmen?" „Ja, wie die Spielwurst eines Polizeihundes." „Wo hat er das denn gelernt?" „Das muß er nicht lernen. Black ist ein Naturtalent." „Na, dann wollen wir mal Staub machen. Alle Mann aufsitzen. Wir werden mit den Fahrzeugen den Reitern helfen beim stauben."

Die Polizisten springen in ihre Fahrzeuge und brausen los. Per Funk fragt einer „Wie sollen wir denn fahren?" „So schnell ihr

172

könnt. Immer hin und her. Aber fahrt euch nicht gegenseitig kaputt. Ihr müßt so viel Staub machen wie möglich. Und laßt die Reiter und Pferde heil. Die werden noch gebraucht." „Ja wohl, Chef."

Es dauert nicht lange, da schwebt vor dem Gestüt eine riesige Staubwolke. So dicht, daß man nicht mehr die eigene Nase sieht.

Burk beobachtet alles von seinem Standort aus. Er grinst ganz breit. >Das ist die schönste und größte Staubwolke, die ich je gesehen habe.<

*

Anika hat beoachtet was der General gemacht hat. Hat in ihren Utensilien geschaut, ob dort etwas wäre, mit dem man den Kasten entsprechend stellen könnte. Gefunden hat sie nichts.

Jetzt schaut sie zum Gestüt hinüber. „Was ist das denn jetzt? Man sieht ja keine Gebäude mehr. General haben sie das gesehen?" „Was denn?" „Dort drüben vor dem Gestüt."

Der General schaut auf und zum Gestüt hinüber. „Verdammt. Was ist denn jetzt los? So kann ich ja gar nicht den Kasten richtig ausrichten. Anika, warum hast du mir nicht Bescheid gegeben, als das anfing?" „Habe das selbst jetzt erst gesehen."

„Was hast denn vorher gemacht?" „Da habe ich meine Taschen durchsucht und nach einem Stück gesucht um den Kasten schräg zu stellen." „So ein Mist. Jetzt müssen wir warten bis der Staub sich gelegt hat. So kann ich nichts machen." „Und

173

wenn die Staubwolke kein Naturstück ist, sondern extra produziert wird." „Das ist denn mehr als ärgerlich. Dann wissen die, daß wir hier sind. Fragt sich nur von wem."

Anika schaut sich die Staubwolke genau an. Sie kann jedoch nicht erkennen, wo durch sie entsteht. Auch der General versucht heraus zu bekommen, wie und wo durch die Staubwolke entsteht. Beide schauen mit Feldstechern. Können dennoch nicht erkennen, was den Staub so aufwirbelt. Es ist eine sehr hohe und breite Staubwolke.

„Irgendwann muß es doch vorbei sein. Das kann doch nicht ewig so gehen." „Wie entsteht so eine Wolke? Da müssen doch irgendwie Menschen da hinter stehen." „Warten wir mal ab, vielleicht beruhigt sich das ja noch."

*

Kim wurde von den starken Männern vom Dorffest weggeführt und in ein Gebäude gesperrt. Ihre Füße wurden zusammengebunden. Der Grund dafür: sie soll nicht weglaufen können. Auch die Arme wurden zusammengebunden. Dies soll verhindern, daß sie sich befreien kann.

Doch Kim ist nicht das erste mal so gebunden worden. Sie rollt sich an die Gebäudemauer, setzt sich eine Handbreit vor der Mauer hin. Aber so, das sie mit den Händen die Mauer erreicht. Dann beginnt sie mit Reibeversuchen die Handfesseln aufzureiben. Der Anfang dafür ist immer schwierig. Das kennt sie von früher. Es wird eine Zeit dauern. Doch sie hat es bis jetzt jedesmal geschafft. Es sind ja einfache Stricke mit denen sie gefesselt ist.

Wie sie weggeführt wurde, hat sie noch gesehen, daß Professor Dumont und seine Tochter im Dorf sind. Mit denen hat sie noch eine Rechnung offen. Der Gedanke an den Professor und seiner Tochter läßt die Arme immer schneller an der Mauer die Fesseln aufreiben.

Nach einer Stunde hat Kim die Handfessel los. Sie kann ihre Hände also wieder frei bewegen. Sie beugt sich nach vorne um die Beine frei zu bekommen. Die Fessel kann sie ja jetzt mit den Händen öffnen. Dieses geht schneller

Es nähern sich Schritte dem Gebäude, wo Kim gefangen gehalten wird. Es sind zwei Personen gekommen. Sie wollen der Gefangenen ein paar Fragen stellen. Aber auch Essen und Trinken bringen.

Sie öffnen die Tür. Wissen aber nicht, daß die Frau sich befreit hat und jetzt hinter der Tür steht. So bald die beiden eingetreten sind, wird Kim sie überrumpeln. Wenn die Waffen bei sich haben, wird sie diese übernehmen.

Die beiden Männer treten in den Raum und sind überrascht. Die Frau, die sie hier an Händen und Füßen gefesselt hatten, liegt nicht mehr dort. „Wwo ist sie?" fragt der mit dem Essenstablett. Als Antwort erhält er einen Schlag von hinten. Sein Kamerad spürt ebenfalls einen Schlag und fällt zu Boden.

Kim hat die beiden Männer mit einem Karateschlag ausgeschaltet. Nun ist sie es, die die Männer fesselt. Doch ihre Art einen zu fesseln ist für den Gefesselten schmerzhafter.

Kim verläßt das Gebäude und verriegelt die Tür. Dann geht sie

175

zum Dorfplatz wo das Dorffest stattfand. Unter einem Baum

bleibt sie stehen und betrachtet das noch andauernde Treiben. An einem langen Tisch zwischen ungarischen Frauen entdeckt Kim den Professor. Er ist gut gelaunt und fröhlich. >Na, dir wird die gute Laune noch vergehen.<

Lina befindet sich auf der Tanzfläche. Sie tanzt ausgelassen mit einem jungen ungarischen Burschen. >Ach, da ist das kleine Flittchen.< Schnellen Schrittes begibt sich Kim zur Tanzfläche. Sie kämpft sich durch die Tanzenden und erreicht schließlich Lina. Diese ist bei dem Anblick der Frau sehr erschrocken.

„Da bist du ja, du kleines Flittchen. Habe ich dich endlich gefunden. Wir beide haben noch etwas vor." Lina weicht bei den Worten zurück „Nein, nein, nicht wieder ..." Weiter kommt sie nicht. Kim ergreift ihren Arm, zerrt sie zu einer Bank und setzt sich drauf. Lina wehrt sich so gut sie kann. Doch dem Griff der Frau kann sie nicht entkommen.

Kim legt das Mädchen bäuchlings über ihre Knie, rafft ihr das Kleid hoch und zieht ihr die Hosen runter. Lina liegt nun mit entblößtem Hinterteil bei Kim. Dann klatschen die ersten Hiebe auf die nackte Haut. Kräftig sind die Hiebe.

„Aaauuuaa. Aaauuuaa." schreit Lina auf. Die ungarischen Männer stehen umher und sind erschrocken. Doch sie sind noch unfähig einzugreifen.

Kim greift nach einem dünnen Zweig des Busches, der bei der Bank steht. Bricht ihn ab und entblättert ihn. Dann drischt sie dem Mädchen damit auf den nackten Po. „Dir werde ich zeigen, wer von uns das sagen hat. Du wirst deinen Arsch nicht wiedererkennen, wenn ich mit dir fertig bin. Du wirst nicht mehr sitzen und nicht mehr liegen können." Bei diesen Worten werden die Schläge immer härter. Die Haut färbt sich rot und wird dann dunkelrot.

Die Männer schauen dem Spektakel noch zu. Hören die Schmerzensschreie von Lina.

Da erscheint der Professor. Sieht seine Tochter schreiend auf dem Schoß von Kim. „Du schon wieder. Vergreifst dich wieder an meiner Tochter." Bei den Worten schaut Kim auf und sieht den Professor. Ihre Schläge für das Mädchen werden noch härter.

„Ja, ich bin es wieder. Und deine Tochter bekommt jetzt das, was ihr schon lange gegeben werden sollte. Eine ordentliche Tracht Prügel."

Der Professor schaut sich um. Sieht die ganzen ungarischen Männer, die untätig herumstehen. „Was glotzt ihr da so untätig? Gefällt euch das etwa, wie die Frau meine Tochter behandelt?" Er greift nach einer Weinflasche und will damit auf Kim los. Da wird er von einem ungarischen Mann festgehalten. Er schaut den Mann an „Was hinderst du mich?" „Nicht die Flasche. Die ist noch voll. Nimm das hier." Er gibt dem Professor einen dicken Knüppel. Der Professor nimmt den Knüppel und stürmt auf Kim zu.

Da wird er wieder aufgehalten. „Hey, nicht mit dem Knüppel. Nimm dies hier. Wirkt besser als der Knüppel." Der Mann, der ihn aufgehalten hat, hat ihm eine Peitsche gegeben. Eine Peitsche wie sie bei Trecks benutzt wird.

Dumont sieht die Peitsche. Untersucht sie. Es ist eine Peitsche mit langer Schnur. Er holt damit aus, zieht sie nach vorne und trifft Kim damit am Kopf. Dabei wickelt sich die Schnur um Kims Hals. Die Frau ist so überrascht, daß sie Lina fallen läßt.

Dumont zieht die Peitsche zurück. Doch die Schnur ist festgewickelt. Durch den Zug an der Peitsche bekommt Kim erst mal keine Luft mehr. Sie greift sich an den Hals und spürt die Schnur. Immer wieder zieht Dumont ruckartig an der Peitsche. Dies bewirkt, daß Kim große Augen vor Angst bekommt. Was ist, wenn sie den Hals nicht mehr frei bekommt?

Zwei Männer helfen Lina in der Zeit auf die Beine und helfen ihr sich anzuziehen. Das Mädchen weint vor Schmerzen. Hinsetzen mag sie sich nicht. Sie wird von dem Ort fortgeführt. Kim kämpft immer noch mit der Schnur um den Hals.

Es kommen Männer mittleren Alters hinzu. „Dich hatten wir doch schon eingesperrt. Jetzt bist du wieder hier? Das werden wir jetzt mal grundlegend ändern."

Kims Hände werden gegriffen und nach hinten gehalten. Dann legt sich ein dickes Seil um die Handgelenke. „Gut, daß sie die Frau mit der Peitsche halten. So können wir sie gut verpacken." Dumont zieht immer wieder ruckartig an der Peitsche. Kim schießen jetzt Tränen in die Augen. So wurde sie noch nie behandelt.

„Legt sie auf die Erde, dann können wir die Beine zusammenbinden." „Und am Besten dann die Beine und Hände zusammen. Dann kann sie sich wirklich nicht mehr befreien."

Nach wenigen Minuten ist Kim verschnürt wie ein Päckchen. Sie kann sich nicht mehr selbst befreien.

„Professor, sie können aufhören. Auch wenn die Frau ihre Tochter so mißhandelt hat. Aber sich jetzt dafür die Hände schmutzig machen, bringt auch nichts." Dem Professor wird die Peitsche abgenommen. Und dann wird er zu einer langen Bank geführt. Einer stellt ihm ein gefülltes Weinglas hin.

„Wo ist Lina? Wo ist meine Tochter?" „Die ist in der Gaststube und wird dort von den Frauen verarztet. Brauchst keine Angst haben. Sie ist in Sicherheit."

Kim wird von vier starken Männern weggebracht. Wieder in das Gebäude, in dem sie schon mal war. Doch diesmal kann sie sich nicht mehr selbst befreien.

„Ich habe gerade bei der Polizei angerufen. Die kommen und holen die Bestie ab." „Wann?" „Heute noch." „Es sind aber eine Menge zum Gestüt gefahren. Da scheint der Teufel los zu sein." „Hauptsache ist, sie kriegen die Banditen. Wo ist eigentlich der Abenteurer abgeblieben?" „Der ist auch beim Gestüt. Er muß diesen gefährlichen Kasten bekommen, sonst gibt es keine Ruhe."

„Können wir ihm nicht noch helfen?" Da meldet sich Dumont „Wem helfen? Django und seiner Partnerin? Ich denke, wenn die Polizei schon da ist und noch Leute vom Gestüt, sind genug Helfer vorhanden. Seine wichtigsten Helfer sind doch die Pferde und der Hund." „Er vertraut mehr den Tieren als den Menschen?" „In manchen Fällen, ja. Weil nicht damit gerechnet wird, daß die Tiere helfen können."

Ein Mann füllt wieder Weingläser „Na, dann trinken wir doch einen. Hoffentlich haben die das bald geschafft."

*

Django und Inga betrachten die riesige Staubwolke. „Kannst du deine Hand noch sehen, Inga?" „Klar, hier ist klare Sicht. Du deine nicht?" „Doch. Aber was die Reiter und die Polizei da aufwirbelt ist fantastisch. Also, wollen wir mal die beiden auf der Anhöhe nicht länger warten lassen. Black, dein Typ wird gebraucht." Ein lauter Heulton ist zu hören. „Das war das Signal zum Angriff." „Anstelle von Trompeter." „Weiß Bescheid."

Die beiden Reiter galoppieren aus dem Gestüt. Der Hund an deren Seite. Sie nutzen die Staubwolke, um ungesehen auf die Seite der Anhöhe zu gelangen. Für die Strecke benötigen die drei keine 20 Minuten.

Im Schutz der Bäume und Büsche nähern sie sich der Anhöhe. „Wie gehen wir vor?" „Den Angriff von zwei Seiten. Aber wir müssen zeitgleich zugreifen." „Klar. Mit Loch im Kopf siehst du nicht gut aus." „Du auch nicht. Außerdem wirst du noch gebraucht." „So? Von wem?" „Ich sag nur Josefine." Inga muß grinsen. >Der weiß aber auch alles.<

Sie steigen von den Pferden. Nehmen die Zügel ab und stecken sie in die Satteltaschen. Dann gehen sie die Anhöhe an. „Ich geh auf die andere Seite." „5 Minuten?" „+/-" Dann entfernt sich die Frau und läuft unten einmal halb um die Anhöhe. So

180

ist sie auf der Seite, wo Anika sich befindet.

Django wartet 6 Minuten. Dann beginnt er vorsichtig mit dem Anstieg. Ganz langsam arbeitet er sich hoch. Der Hund an seiner Seite.

„Wie lange geht das denn noch mit der Staubwolke?" hört er den General sagen. „Das weiß ich auch nicht. Ist der Kasten denn noch nicht auf dem richtigen Platz?" „Kann doch bei dem Staub kein Gebäude sehen."

Django ist so weit, daß er den General sehen kann. Schnell duckt er sich, damit er nicht gesehen werden kann. Black erhält per Handzeichen seine Order in die Nähe des Kasten zu robben. Sofort macht er sich auf den Weg.

Inga hat in der Zeit auch ihren Posten erreicht und kann Anika sehen. Auch sie duckt sich schnell, damit sie nicht entdeckt wird. Sie wartet ca. 2 Minuten. Die Zeit braucht der Hund, um auf seinen Posten zu kommen.

Der General wird langsam nervös. Er geht hin und her. Dabei kommt er der Stelle des Abenteurers sehr nahe. Django hält die Luft an. Doch der General dreht sich um und beginnt seinen Marsch zurück zu seinem Sitzplatz.

„Kannst du es nicht so probieren? Einfach drauf halten und peng? Du wirst schon was treffen." „Ich habe noch nie mit so etwas gearbeitet. Es ist das erste mal." „Eben. Dann versuch es doch. Versuch, macht klug."

Der General geht wieder in die Richtung von Django. Und

dann geht es plötzlich los. Django wirft einen Stock dem General zwischen die Beine und bringt ihn so zu Fall. „Aahh" kommt es vom General. Anika dreht sich um und will zu ihm laufen. Da wird sie von hinten gegriffen und im Würgegriff genommen. >Nicht schon wieder.< denkt sie. Doch da hat Inga die Frau schon am Boden.

Der General rollt sich zur Seite und schaut zum Kasten. Doch was ist das? Der Kasten ist nicht mehr da. >Was ist denn nun los?< denkt er noch. Dann wirbelt er zurück und spürt einen harten Griff an seinem Arm. „Nicht so eilig, Mann." hört er.

Anika gibt sich nicht geschlagen. Sie windet sich aus dem Würgegriff. Dann greift sie in ihre Jackentasche und sucht den Revolver. „Den brauchst du hier nicht." vernimmt sie sofort. Sie macht einen kurzen Schritt zur Seite und entgeht so einen Angriff von Inga. Sofort wirft sie sich der Frau in der komischen Kleidung entgegen. „Wer bist du denn? Den Würgegriff hatte ich schon einmal gespürt." „Es spielt keine Rolle, wer oder was ich bin. Wichtig ist, du bist hier nicht willkommen."

Der General sieht den Mann, der ihn festhält. „Meinst du, du kannst mich aufhalten?" „Bis jetzt noch." Der General tritt mit einem Bein nach dem Angreifer. „Oh, es wird mit Füßen gekämpft. Wie Weiber. Die können auch nur beißen und treten." Dann trifft den General ein Fausthieb auf dem Knie. Der Getroffene schreit vor Schmerz auf. In der Zeit kommt Django dem General noch näher an den Körper. „Was ist mit dem Kasten?" fragt der General. „Was soll mit ihm sein? Der ist erst mal sichergestellt."

Anika versucht einen Karateschlag gegen ihre Angreiferin.

Doch der Schlag geht ins Leere. Dafür kassiert sie einen Treffer im Gesicht. Jetzt versucht Anika Inga mit einem Fußtritt zu treffen. Doch dieser geht auch ins Leere. Schnell setzt Inga der Frau selbst mit einem Fußtritt zu. Anika landet mit dem Gesicht im Sand. Sie sucht wieder in der Tasche nach dem Revolver. Doch da ist Ingas Fuß und tritt den Arm von der Tasche weg. Sie kniet sich auf den Rücken der Frau, greift in ihre Jackentasche und holt den Revolver heraus. Den steckt sie sich in den Hosenbund. Dann greift sie zu einem starken Lederband und bindet damit Anikas Hände auf dem Rücken zusammen. Anschließend werden die Beine gefesselt. Hier wird die Fesselung so sein, daß sie noch gehen kann.

Anika ist von dem überraschten Angriff vollkommen perplex. Mit allem hat sie gerechnet, doch nicht mit so einer Art. Jetzt liegt sie gefesselt im Gras. Schaut zu dem General rüber, der noch am kämpfen ist.

Der General hat sich von dem Überfall erholt. Jetzt holt er wieder zu einem Faustschlag aus. Django sieht die Faust nicht, doch er zieht seinen Kopf zur Seite. Die Faust schlägt ins Leere. Der General versucht es mit der anderen Faust. Auch die trifft nicht. Dafür kassiert er einen Schlag in der Armbeuge. „Aahh." kommt es von ihm. „Erst mein Knie, jetzt die Armbeuge. Aber das macht mich nicht anders."

Der General rollt sich zur Seite und springt auf. Django liegt noch am Boden. Sofort stürmt der General auf den am Boden liegenden. Dabei zieht er sein Messer aus der Scheide. „Oh, der Herr will Kartoffeln schälen."

Wütend wirft der General seinen Körper in Richtung Django.

Die Faust mit dem Messer etwas nach hinten gezogen. Der Körper des Generals saust nieder. Doch das Messer bleibt mit der Faust in der Luft stehen. „Aaaahh." schreit der Angreifer wieder auf. Dann schaut er nach seiner Hand mit dem Messer.

Diese liegt in einer Astgabel fest. Django hat schnell diesen Ast mit der Gabel gefunden und gegen die Messerfaust gestemmt. Anschließend das andere Ende auf den Boden gehalten. Die Wucht des Angreifers hat den Rest besorgt.

Mit schnellen Sätzen ist Inga bei ihm und entnimmt der Faust das Messer. „Es sind keine Kartoffeln da, Django. Also braucht er auch kein Messer." „Du sagst es." Der General dreht seinen Kopf und sieht Inga. >Wo ist Anika? Warum hilft sie mir nicht? < denkt der Mann. Da erhält er die Erklärung „Falls sie nach ihrer Partnerin suchen, die ist schon versandfertig. Wartet nur noch auf die Müllabfuhr."

Der General traut seinen Ohren nicht. Anika wurde besiegt? Sie war doch eine Elitekämpferin. Wütend schnauft er. Dann rafft er sich auf. Doch Django ist auch bereits hoch.

„Ich entleere mal die Bleispritze der Lady." Inga setzt sich auf einen Stein und nimmt den Revolver aus dem Hosenbund. Der General sieht die Waffe und wirft sich in Richtung Inga. Die dreht nur ihren Körper zur Seite und der General fällt ins Gras.

„Den Trick kennen wir schon. Mußt dir was neues einfallen lassen." sagt sie und steht auf. Dabei hat sie die Patronen aus dem Revolver entfernt. Der Mann am Boden wälzt sich zur Seite und hat einen Stein in der Hand. Diesen wirft er mit voller Wucht. Ihm ist egal wo der Stein hinfliegt.

Der Stein hat nur eine kurze Flugphase. Dann kollidiert er mit Ingas Kopf. Die Frau fällt zu Boden und rührt sich nicht. >Die ist hin.< freut sich der General. >Jetzt noch den anderen. Doch wo ist der?<

Django hat gesehen, das seine Partnerin mit einem Stein niedergestreckt wurde. Er sieht sie regungslos liegen. Aber er sieht auch den Angreifer. Der stürmt wie ein Bulle heran. Eine schnelle Drehung und der Mann läuft ins Leere. Doch während er ins Leere läuft, spürt er einen heftigen Schmerz auf dem Rücken. >Was hat mich denn nun getroffen?< wundert er sich. Dann dreht er sich um.

Der Schmerz auf dem Rücken stammt von einem starken Ast, der ihm auf den Rücken geschlagen wurde. Doch der Mann gibt nicht auf. Wieder stürmt er heran. Schaut, was Django machen wird. Doch dieser steht ganz still. „Na, keine Puste mehr? Oder keine Kraft mehr?" kommt es von ihm.

Diese Worte bringen den General in Wut. Er sucht nach einem Stein, den er Django an den Kopf schmettern will. Doch während er nach einem großen Stein sucht, trifft es ihn voll an die Schulter. „Siehste, mit Steinchen schmeißen kann ich auch." höhnt es in den Ohren des Getroffenen.

Der Treffer war so groß, daß der General sich dreht und dann hinfällt. Jetzt greift er in den Sand. Doch da knallt ihm etwas auf die Hand. „Wer schmeißt denn hier mit Lehm? Der sollte sich was schämen." dringt es an sein Ohr.

Die Hand schmerzt heftig. Ein Stock hat die Hand getroffen. Der Handrücken schwillt an. >Was ist das für ein Mann?<

wundert sich der General. >Kämpfen kann er. Aber wer ist er? Und die Frau? Was sind das für Leute?<

„General ich denke, sie können ihr Spiel aufgeben. Der Kasten ist nicht mehr in ihrer Gewalt." „Wo ist der Kasten? Ich hatte ihn hier auf dem Stein stehen. Er ist weg." „Ihr Vorhaben ist somit erledigt. Kein Kasten der Lasertechnik. Keine Vernichtung." „Wer sind sie überhaupt? Was geht ihnen der kleine Kasten an?" „Oh, sie kennen mich nicht? Das wundert mich aber." „Nein, ich kenne sie nicht. Wer sind sie? Und warum verfolgen sie mich?"

Inga erwacht aus ihrer Bewußtlosigkeit und faßt sich an den Kopf. „Moin, Partnerin. Ausgeschlafen? Während ich mit dem General kämpfe, legst du dich schlafen." Bei den Worten zwinkert er Inga zu. Sie weiß erst gar nicht, was hier geschehen ist. Dann hat sie die Worte von Django verstanden. „Sorry, aber irgendetwas hat meinen Kopf getroffen." „So ist es. Ein Steinchen hat dich ausgeknockt. Und den Werfer haben wir hier. Darf ich vorstellen: Der General." „Sein Täubchen?" „Liegt für die Müllabfuhr bereit. Das hast du noch vorher geschafft."

Inga erhebt sich. Dann begibt sie sich zu dem Anführer der Terrorbande. Sie ergreift seinen linken Arm um ihn auf den Rück-ken zu ziehen. Da dreht er seinen Arm blitzartig und ergreift

nun Inga. Sie ist erschrocken. Spürt dann zwei Finger an ihrem Hals.

„Glaubt ihr wirklich, ihr könnt mich einfach überrumpeln?" Er drückt Inga fest an seinen Körper. „Wo ist der kleine Kasten? Wer hat ihn genommen? Ich will ihn wieder haben." „General,

186

ich weiß nicht, wo der Kasten ist. Und einfach überrumpeln. Das kann man so jetzt nicht sagen."

„Wo ist der Kasten? Ich will sofort den Kasten zurück haben, oder die Frau stirbt." „General, das ist aber keine gute Idee sich hinter einer Frau zu verstecken." „Wo ist der Kasten?"

Plötzlich dringt eine andere Stimme an das Ohr des Generals. „Der Kasten ist hier, General. Und jetzt lassen sie die Frau los." Der General dreht sich mit Inga um und sieht den Polizeichef. „Ah, der Chef der Polizei höchstpersönlich, Welch eine Ehre. Her mit dem Kasten. Oder sie stirbt hier."

Die Zeit des Gesprächs vom Polizeichef hat Django genutzt und ist an den General heran gekommen. Er legt seinen Arm um den Hals des Generals und läßt sich rückwärts fallen. Vor Schreck läßt der General die Frau los. Nun versucht er sich aus der Umklammerung zu befreien. „Dir werde ich helfen meine Partnerin umzubringen. Bevor die stirb, ist der General exitus." Der General hört die Worte und versucht weiterhin aus der Umklammerung herauszukommen. Doch Django drückt immer fester zu.

Inga ist froh aus der Gewalt des Mannes heraus zu sein. Sie sieht nun, wie der Chef der Terrorgruppe um seine Freiheit kämpft. Doch je mehr er sich bemüht frei zu kommen, um so fester wird Djangos Griff.

Django seine Arme sind sehr stark. Wenn einer die Oberarme betrachtet, könnte er denken, daß hier die Muskulatur eines Beines vorhanden ist. Doch, Django hat Kraft in seinen Armen, mit der er glatt töten könnte. Und Django ist wütend, daß der

General seine Partnerin als lebendes Schutzschild benutzen wollte. Und für Erpressungen. Inga weiß um die Armkraft ihres Freundes. „Django, es ist gut. Ich lebe und bin frei."

Der Polizeichef kommt heran. Schnell nimmt er eine Hand des Umklammerten, legt die Handschelle an und ergreift die zweite Hand um ihr die Handschelle anzulegen.

Inga sieht, was der Polizeichef macht und ergreift ein Lederband. Damit bindet sie dem General die Füße zusammen, aber so, daß er noch gehen kann.

„Django, der Mann ist gefesselt. Kannst loslassen." ist jetzt zu hören. Django löst seinen Würgegriff. Der Polizist zieht den Gefangenen auf die Füße und führt ihn von dem Abenteurer weg.

Inga setzt sich neben ihren Partner. Dieser Kampf hat dem Mann sehr viel Kraft gekostet. „Na, mein Herkules, hast Angst um mich gehabt?" „Ja. Wie er dich zu fassen hatte." „Du ihn aber auch. Er lief ja schon blau an am Kopf. So hast du ihn gewürgt.„Was kommt eigentlich nach blau?" „Denke mal schwarz. Das heißt: Klappe zu, Affe tot." „Hätte er verdient."

Inga streicht ihm über den Kopf. „Aber nun ist er in Polizeigewahrsam. „Und die Lady?" „Wurde auch von der Müllabfuhr mitgenommen." „Hoffentlich haben wir jetzt alle. Wo ist eigentlich Black, der kommt doch sonst immer zurück."

Burk kommt um die Ecke und hat den Hund bei sich. „Hier ist er. Brachte den Kasten zu mir und legte sich gleich daneben. Den sollte keiner mehr klauen." „Und wo ist der Kasten jetzt, wo ihr hier seid?" „Wie heißt es so schön: am Mann." Burk greift in die Hosentasche und holt den Kasten hervor. „Aha. Hätte ich mir eigentlich denken können. Der Hund geht ja auf der Seite."

*

Steffi hatte sich nicht vorgestellt sich von allen abwimmeln zu lassen. Sie hat den Kampf im Haus mitbekommen. Konnte noch rechtzeitig fliehen. Doch der Kim konnte sie nicht folgen. Dann hat sie sich allein auf den Weg gemacht. Die Spur des Generals zu finden. Vielleicht gibt es doch noch eine Chance für sie.

Ein alter VW steht frei herum. Schlüssel steckt, offen ist er auch, also her damit. Steffi steigt ein und fährt los. Nach einiger Zeit erreicht sie ein Dorf. Es ist das Dorf in dem gefeiert wird.

Steffi schaut sich um. >Sieh an, die Frau ist auch hier. Also auch der Polizei entkommen. Aber mit der tue ich mich nicht zusammen.< Dann sieht sie Dumont und seine Tochter. Plötzlich wird es ein bißchen laut an einer Stelle. Vier Mann haben Kim gepackt und bringen sie weg. Steffi ist ein bißchen neugierig und folgt den fünfen. Kim wird gefesselt und in ein Gebäude gesperrt.

Sie hat für das erste genug gesehen. Wo ist jetzt der General? Bei dem Fest war er nicht zu sehen. Steffi ist auf dem Weg zurück zum Fest, als sie ein Hotel entdeckt. Sollte der General in einem Hotel sein? Mit der zweiten Frau? Sie schüttelt den Kopf und geht weiter zum Dorffest.

Es ist eine lauschige Nacht. Die Dorfbewohner trinken und tanzen. Steffi mischt sich unter ihnen. Beobachtet aber weiter das Umfeld. An einem Tisch findet sie einen Mann mit einer sehr jungen Frau. >Es könnte seine Tochter sein.< denkt sie. Nicht wissend, das es in der Tat Vater und Tochter sind.

Es vergeht eine Zeit. Und dann gibt es einen Tumult auf der Tanzfläche. Kim ist wieder erschienen und hat sich Lina geschnappt. Zieht das Mädchen zu einer Bank verprügelt es dann. Bis einer einschreitet und die Kim auf den Boden wirft. Dann wird sie gefesselt und dann wieder weggebracht.

Einige ungarische Frauen eilen zu der Verprügelten, die am Boden liegt und weint. Sie bringen das Mädchen in ein Haus. Dann ist es wieder ruhig auf dem Fest.

Steffi sucht sich einen Platz, wo sie schlafen kann. Sie findet ihn nahe des Hotels auf einer Bank.

Die Zeit ist vorangegangen. Es ist fast neuer Morgen. Da heult ein Motor in einer Garage auf. Bald darauf rast ein weißer Audi aus der Garage und saust davon. Steffi hört und sieht den Vorfall.

>Da muß ich hinterher.< denkt die Frau und läuft zu dem von ihr geklauten VW. Dann rast sie dem Audi hinterher. Der Audi ist zwar schneller als der kleine VW, aber sie erkennt, daß er Richtung Pußta rauscht. Folglich fährt sie hinterher.

Steffi holt alles aus dem kleinen VW heraus, um den Audi einzuholen. Dann sieht sie das weiße Auto vor sich und bleibt im sicheren Abstand.

Nach einer rasanten Fahrt bleibt der Audi plötzlich stehen. Die Frau des VWs hat Angst, daß sie entdeckt worden ist. Doch es hat nichts mit ihr zu tun. Schnell fährt sie an die Kante und wartet ab.

Die Personen steigen aus dem Audi und begeben sich rechtssei- tig ins Gebüsch. Dann bemerkt Steffi auf der linken Seite eine Staubwolke. Diese bleibt aber auf der linken Seite.

Von den Personen aus dem Audi ist nichts zu sehen. Auch das Fahrzeug, das linker Hand hinter Büschen versteckt ist bemerkt die Frau im VW nicht.

Nach einiger Zeit wird auf der linken Seite wieder Staub aufge- wirbelt. Diesmal ist die Staubwolke aber größer als vorhin. Die Frau will wissen, wer die Personen vom Audi sind und was sie wollen. Sie verläßt vorsichtig das Fahrzeug und schleicht die rechte Büschung hinauf. Ein kleiner Ast knackt unter ihrem Fuß. Die Frau verharrt eine Weile. Dann schleicht sie weiter. Erreicht eine Anhöhe und bleibt hinter einem großen Stein hok- ken.

Ein Mann hockt vor einem Stein, der vor einem kleinen Ab- hang liegt. Jetzt stellt er etwas auf den Stein. Schaut in die Weite vor ihm. Steffi versucht etwas in der Ferne zu erkennen. Dann hört sie „Hast du etwas, womit wir den Kasten etwas schräg stellen können? So in gerader Stellung geht der Strahl drüber weg."

>Was für ein Strahl?< wundert sich die Frau hinter dem großen Stein. Da antwortet Anika. Und wenig später meldet sie eine Staubwolke auf der Straße. >Sind mir welche gefolgt?< über-

legt Steffi. Doch dann erkennt sie, daß die Staubwolke sich teilt. Und atmet auf.

Wieder schaut die Frau hinter dem Stein was auf der Anhöhe passiert. Plötzlich unter ihr Geräusche. >Da kommt was.< denkt sie und sucht noch mehr Deckung.

Da sieht sie eine Person die kleine Anhöhe hoch kommen. Steffi schaut zu Anika. Die hat noch nichts bemerkt. Sie schaut zu der kommenden Person. Dann erkennt sie die Hochkommende. >Wie ist die denn hergekommen? Die gehört doch zu Django. Dann ist er sicher auch hier.<

Steffi schaut sich weiter um. Doch sie kann keinen Mann erkennen, der heraufkommt. Plötzlich kommen Geräusche von der anderen Seite der Anhöhe. Steffi lukt vorsichtig über den Stein. Da erkennt sie zwei Männer, die am Kämpfen sind. >Da ist er ja. Aua, das hat sicher weh getan.< Dann springt die Person hoch, die eben die Anhöhe hoch gekrochen kam und fällt Anika an. Nach einem kurzen aber heftigen Kampf liegt Anika am Boden und wird gefesselt.

Steffi schaut zu den Männern rüber. Django liegt am Boden. Das kann sie sehen. Doch auch der andere fällt schreiend nieder. Sie hört „Was ist mit dem Kasten?"

Steffi schaut zu dem Stein, wo der Kasten drauf stand. Er ist weg. >Wie kann das passieren?< wundert sie sich. Dann hört sie „Was soll mit ihm sein? Der ist erst mal sicher gestellt." Wer hat den sichergestellt?

Wieder kämpfen die beiden Männer. Die Person, die eben Anika niedergemacht hat, ist jetzt bei den Männern. Da fällt sie zu Boden. >Upps, was war denn das?< überlegt Steffi. Es dauert bis die Frau wieder sichtbar ist.

Doch da erkennt Steffi, daß der General die Frau im Würgegriff hat. >Ja, würg sie. Die hat deine Partnerin fertig gemacht. Soll ich die befreien?< sind ihre Gedanken. Doch Steffi traut sich noch nicht aus ihrer Deckung.

Dann taucht ein Mann in Uniform auf. Es ist der Polizeichef. >Wer ist das denn?< überlegt sie. Dann sieht sie wie der General von hinten angegriffen wird. Sie kann die Personen nicht mehr sehen. Da erhebt sich die Frau, die der General im Würgegriff hatte. Vom General sind nur die strampelnden Beine zu sehen.

>Was geschieht da? Wieso kommt der General nicht hoch?< sind ihre Gedanken. Sie hört die Worte „Django, es ist gut. Ich lebe und bin frei." Hatte dieser Django den General zufassen?

Sie erkennt das der Polizeichef an den General tritt und ihm etwas anlegt. Dann wird er abgeführt. >Das kann doch wohl nicht wahr sein? Der General wird verhaftet?<

Ein weiterer Mann kommt zu den beiden noch verbliebenen. Er hat einen Hund bei sich. >Was holt der denn aus der Hosentasche? Das ist doch der Kasten, der vorhin noch auf dem Stein war.< wundert sich die Frau.

Steffi verläßt ihre Deckung und geht in Richtung der verbliebenen Personen. Sie ist entschlossen den Kasten an sich zu bringen. Was sie allerdingst damit machen will, weiß Steffi noch nicht.

Sie geht auf die drei Personen zu. Dann sagt sie zu Burk „Den Kasten können sie mir geben. Der gehört ihnen gar nicht. Also her mit dem Kasten." Black knurrt sie an. „Du bist still." sagt Steffi zu ihm. Auf einen Wink von Django ist der Hund ruhig. Burk schaut die Frau an. Dann blickt er zu den beiden am Boden.

„Der Kasten bleibt bei mir." antwortet Burk. „Ihnen gehört er nämlich auch nicht. Und der Kasten kommt schön wieder da hin, wo er hingehört."

Steffi macht einen Schritt auf Burk zu. Vergißt dabei aber, daß am Boden noch zwei Personen sind. Sie geht weiter auf den Mann mit dem Kasten zu. Doch dann spürt sie etwas an ihrem rechten Fuß. Sie schaut nach unten und erkennt an ihrem Fuß eine Hand.

„Was soll das denn jetzt? Hand weg von meinem Fuß." „Sonst was? Steffi. Was willst du machen? Du hast keine Chance. Greifst du den Mann mit dem Kasten an, hast du Aua im Schritt. Greifst du einen von uns an, dann macht es an einem anderen Körperteil Aua. Was willst du machen? Der General wird dir nicht helfen. Der braucht selbst einen Anwalt."

Steffi schaut die beiden am Boden an. Ja, der General ist gefangen und seine Leute bestimmt auch. Nur die zweite Frau, die ist nirgends zu sehen. Die war doch auch im Dorf. Wo ist die denn jetzt?

„Der Kasten gehört mir. Habt ihr das verstanden?" Die Hand

an Steffis Fuß bewegt sich ein mal ruckartig. Die herrische Frau verliert das Gleichgewicht und kommt zu Fall. „Bauz, da fiel sie auf die Schnauz." hört sie.

Sie will sich schnell umdrehen, doch auf ihrem Rücken ist etwas schweres. Dann wird ihr rechter Arm auf den Rücken gezogen, danach der linke Arm. Steffi merkt eine Fessel an ihren Handgelenken.

Nun wird ihr rechtes Bein hochgezogen und ebenfalls mit einer Fessel versehen. Zum Schluß werden beide Fesselungen zusammengebunden. „Inga, die ist doch keine Kuh." „Eine richtige nicht, da hast du Recht. Aber eine dumme Kuh ist sie schon. Denn, wenn sie uns heute schon beobachtet hat, müßte sie doch wissen, was passiert. Erst Recht, wenn sie uns direkt angreift."

Burk grinst nur und Black heult wie ein Wolf. Das hat denen gefallen. „So, Mädel, nun mal raus mit der Sprache. Was wolltest du mit dem Kasten anstellen? Als Schmuckschatulle eignet er sich nicht. Was weißt du über den Kasten?" Steffi liegt da und schweigt.

„Ich sag es dir: nichts weißt du von dem Kasten. Gar nichts. Hast nur mitbekommen, daß der General und seine Adjudantin abtransportiert wurden. Und hast gedacht: jetzt kommt deine große Stunde. Du nimmst den Kasten an dich. Und dann? Was sollte dann geschehen?"

Burk meldet sich „Vielleicht den General und seine Leute damit frei pressen. Wäre ja eine Möglichkeit." „Nun bring du sie noch auf Ideen." „Ich habe ja nur gedacht." „Dann denke gefälligst leise. Damit es keiner hört." „Du bist aber heute mies drauf." „Bin nicht mies drauf. Diese Person dort hat nichts mit dem Diebstahl des Kastens und der Terrorgruppe zu tun. Sie hat nur ein Problem: ihr eigens Ego. Sie ist vor ein paar Tagen beim General abgewiesen worden. Dann wollte sie sich bei mir einschmeicheln. Und da das auch nicht gelang, hat sie jetzt ihre Chance als Trittbrettfahrerin nutzen wollen." „Was auch wieder daneben ging." „Du sagst es."

Burk dreht sich um und überlegt. Inga bemerkt die Drehung „Was hat Burk denn jetzt?" „Laß ihn. Er denkt – leise." „Ach so."

Dann fragt Burk ohne sich zurück zu drehen „Was machen wir jetzt mit ihr?" „Wir? Gar nichts. Das überlassen wir anderen." „Soll ich die Müllabfuhr noch einmal kommen lassen?" „Nein, die braucht nicht kommen. Der Polizeichef genügt." „Meinst du das das ein Fall für die Polizei ist?" „Können die ja mit dieser Kim zusammenstecken. Die braucht doch immer jemanden, an dem sie ihre Wut auslassen kann."

Inga und Burk müssen bei diesen Worten grinsen. Da ertönt das Funkgerät bei Burk: „Hallo, ist da noch jemand auf Funk?" Burk greift sofort zum Gerät. „Ja, Reini, bin noch vorhanden. Ihr könnt aufhören mit der Stauberei. Alle Mann zum Duschen. Und du reinigst die Pferde. Letzteres war ein Joki."

„Und die Damen bleiben dreckig? Du hast ja gesagt alle Mann zum Duschen." „Ach, Frauen sind auch mitgeritten? Die auch zum Duschen. Aber du gehst da nicht mit rein."

„Witzbold. Was macht ihr jetzt?" Django greift nach dem

Funkgerät „Kommen zur Basis. Sind noch Polizisten da? Wir hätten da noch eine Kleinigkeit." „Ja, es sind noch fünf Fahrzeuge mit Besatzung hier. Was denn für eine Kleinigkeit?" „Warte ab, bis das Sandmänchen kommt. Liebe Leute gebt fein acht, ich habe etwas mitgebracht."

Das Funkgespräch wird beendet. Da meldet sich Steffi „Muß ich wirklich zur Polizei?" „Nö, kannst auch zu der Kim, oder wie die heißt." Steffi sagt nichts mehr.

„Wie kriegen wir die jetzt zum Gestüt?" „Ganz einfach. Autotür auf, Ladung rein, Autotür zu. Oder Inga?" „Kann ja auch in den Kofferraum." „Lieber vorne. Dann hat Burk noch ein wenig Unterhaltung." „Sonst hast du keine Probleme?" „Nein." kommt die Antwort kurz. „Wie kommt ihr zum Gestüt?" „Oooch, wir warten auf die Postkutsche."

Ein greller Pfiff ertönt. Und schon kommen die Pferde. „Siehste, da ist sie schon." Burk schüttelt nur seinen Kopf.

Nach dem die gebundene Frau im Fahrzeug verladen wurde, begeben sich alle in Richtung Gestüt. „Burk." „Ja." „Kannst vor fahren. Wir kommen langsam nach. Die Betonung liegt auf langsam." „Übernehmt euch aber nicht." Dann braust Burk mit der Gefangenen zum Gestüt.

*

Reini hat die Nachricht per Funk verstanden. Nun gibt er die Meldung an die Gestütsmitarbeiter weiter. „Ihr könnt aufhören mit der Staubwolke. Die Gefahr ist behoben. Django und Inga haben den General dingfest bekommen." „Und der kleine

Kasten?" will einer wissen. „Der ist bei meinem Kollegen. Bzw., bei Django, Inga und Black. Den Hund dürfen wir auch nicht vergessen."

Die Reiter satteln ihre Pferde ab, versorgen sie ordentlich und gehen anschließend unter die Duschen. Eine der Reiterinnen kommt noch mal in den Stall. „Kommt Django denn noch hier her?" „Ja, das wird er. Brauchst aber keine Besonderheit machen. Die Reiterin verschwindet zum Duschen.

Einige Polizeibeamte gesellen sich zu Reini. „Was ein Glück, daß ihr hier ward und uns unterstützt habt. Wer weiß, ob wir das alleine hin bekommen hätten." Reini fühlt sich richtig wohl und steht mit stolzer Brust da.

„Brauchst dich gar nicht so an-stellen. Die meiste und härteste Arbeit hat Django erledigt." Diese Worte kommen von der Stalltür, wo Burk gerade mit seiner unfreiwilligen Mitfahrerin reinkommt. „Kannst mir lieber mal hier helfen."

Reini schaut zur Tür, sieht seinen Partner mit Steffi reinkommen und rennt gleich zu ihm. „Was bringst du denn da mit?" „Noch einen Fang von Django. Die beiden kommen auch rüber. Aber das dauert noch."

Reini nimmt seinem Partner die Frau ab und geht mit ihr zu den Polizisten. „Hier ist noch etwas für euer staatliches Hotel." Zwei Polizisten kommen ihm entgegen. „Na, gib uns mal das Päckchen. Mann wer hat die denn verschnürt?" „Denke mal unsere Westernreiterin. Übung für ein Rodeo. Rinder fangen und binden." Die Polizisten müssen lachen.

198

Sie lösen die Verschnürungen und legen Steffi gleich Handschellen an. „Dann wollen wir mal die Dame wegbringen." Die beiden Polizisten verlassen mit ihrer Gefangenen das Gestüt.

Die beiden Ermittler stehen wieder zusammen. „Reini, die Staubwolke war echt super. Ich habe von meinem Standort das Gestüt nicht mehr gesehen. Und der General konnte auch nichts sehen." „Erzähl lieber, wie Django den General fertig gemacht hat." „Das weiß ich nicht. Wie ich oben ankam, lagen beide am Boden. Django hatte den General im Würgegriff. Gleich so, daß der General schon blau anlief." „Tja, Kräfte hat unser Django ja. Das muß man ihm lassen. Und wer hat den Griff wieder gelöst?" „Das kann nur Inga. Sie war ja wohl auch der Grund der totalen Würgerei. Sie sagte zu Django: Django, es ist gut. Ich lebe und bin frei." Oh hauaha, da war aber einer richtig wütend. Wenn Inga so reden mußte." „Ja, und jetzt muß er erst mal wieder ruhig werden. Du weißt, wie das gemeint ist."

Reini nickt. „Dann wird es noch etwas dauern, bis die beiden kommen." „Drei. Du vergißt immer Black." „Sorry. Was hat der denn gemacht?" „Na, mir den Kasten gebracht. Immerhin war er der einzige, der unbemerkt an den Kasten kam. „Stimmt. Schleicht sich leise ran, schnappt ihn mit der Schnauze und schnell weg." „Gab ihn mir und wich nicht mehr von meiner Seite."

„Dann ist der Kasten jetzt bei den beiden Reitern. Sonst wäre Black hier." „Mensch, das hast du aber schnell gemerkt."

Die ersten Reiter und Reiterinnen kommen vom Duschen wieder. „Herrlich, das Gefühl wieder ohne Staub zu sein." „Das kannst laut sagen. Aber hat das denn was gebracht? Ich meine die Staubwolke."

„Doch. Die Ablenkung war großartig. Die Banditen sind gefaßt und konnten nichts anstellen." „Und wo sind die beiden Reiter, die hin geritten waren mit dem Hund?"

„Hier. Hier sind wir." kommt es von Stalleingang. Django, Inga und Black treten in den Stall. „Da sind ja unsere Helden." „Helden? Wieso Helden? Habt ihr schon zu viel Wein getrunken? Oder was ist los?" „Komm, nun mal nicht so bescheiden. Das war garantiert nicht einfach." „Hatte denn jemand behauptet, es sei einfach? Gefährlich. Ja, gefährlich war es. Aber einfach? Was meinst du, Inga, war das einfach?"

Inga schaut ihren Partner an „Ne, einfach war es nicht einen Kampfhund vom Opfer zu lösen." Sie lacht und schmiegt sich an Django.

„Wo war denn ein Kampfhund? Black ist doch kein Kampfhund. Ein Mix, das sieht man. Aber Kampfhund?" „Reini, Inga meint mit Kampfhund Django. Nicht den guten Black." „Django ist ein Mensch und kein Tier." „Aber er wird zum Tier, wenn seine Partnerin in Not ist."

„Was machen wir jetzt? Wo der Kasten wieder in Sicherheit ist?" „Der ist noch nicht wieder da, wo er hingehört. Also ist er auch noch nicht in Sicherheit."

Ein Mann mit seiner Tochter betritt das Gestütsgebäude. „Guten Tag. Wir haben gehört, daß der Kasten gerettet wurde." „Moin, Professor. Ja, der ist gerettet. Kommt doch zu uns. Wir beißen nicht und hauen nicht."

Der Professor geht zu Django. „Kann ich den Kasten noch einmal haben? Ich muß da noch was machen. Sie wissen schon."
„Nein, ich weiß nicht, was da noch zu machen ist. Aber, ich denke, sie wollen ihn deaktivieren." Dumont nickt nur.

„Wo ist eigentlich der Kasten? Ihr seid hier drinnen. Black auch. Und der Kasten ist unbeaufsichtigt?" Inga und Django schauen sich an. Unbeaufsichtigt? Dann pfeift Inga einmal und schon traben zwei Pferde herein. „Von wegen unbeaufsichtigt. Kannst ja mal den Kasten holen, Reini."

Reini sieht die beiden Pferde und winkt ab. „Danke, ich hab es kapiert. Wenn der Kasten in euren Satteltaschen ist, und diese noch auf den Tieren, dann muß man lebensmüde sein ihn da raus zu holen." „Wieso? Es geht doch ganz einfach. Satteltasche auf, Kasten raus, Satteltasche zu." Bei diesen Worten hat Inga den Kasten in der Hand. „Ja, ihr kommt da jetzt ran. Aber sonst?"

„Es soll ja auch sonst keiner an den Kasten kommen. Wenn da jeder ran kommen sollte, hätten wir ja zu Hause bleiben können.","Wie geht es jetzt weiter?"

„Jetzt werde ich den Kasten deaktivieren. Damit keiner mehr etwas anstellen kann." Professor Dumont nimmt den Kasten und setzt sich auf einen Stuhl. Zwei Männer bringen einen kleinen Gartentisch. „Damit geht es bestimmt leichter." „Oh ja, danke." Der Professor stellt den Kasten auf den Tisch. Dann öffnet er ihn und trennt die Drähte, die er zusammengelötet hatte.

„So, jetzt ist der Kasten wieder deaktiviert. Wer bekommt ihn jetzt? Die Herren von der Polizei?" „Nein, Maybe, in die Satteltasche." Dumont schaut etwas irritiert. „Wer bringt ihn denn dort hin?" Da klingt es von zwei Personen „Professor Dumont höchstpersönlich."

Dumont schaut den Kasten an, dann die beiden, die das gesagt haben und schließlich die Stute. Langsam erhebt er sich. „Maybe, geh mal zu ihm hin. Er macht sich sonst noch in die Hosen." sagt Django.

Die Stute geht zu dem Professor. Dann stubst sie ihn an als wollte sie sagen >nun pack das Ding schon in die Satteltasche, kleiner Hosenscheißer,< Dumont öffnet die linke Satteltasche, legt den Kasten dort hinein und schließt die Tasche wieder. Dann schnaubt die Stute zufrieden und geht wieder zu ihrem Partner.

Die beiden Ermittler fragen nun gemeinsam „Und was machen wir jetzt?" Einige Männer des Gestüts kommen mit langen Tischen und Bänken. Die Frauen erscheinen mit Essen und Trinken. Eine der Reiterinnen hat die Frage gehört und sagt „Jetzt wird gefeiert. Schließlich gibt es einen guten Grund zum Feiern." „Und welchen?" „Na, unser Gestüt, die Pferde und unser Leben ist gerettet. Ist das kein Grund zum Feiern?"

Inga und Django gehen auf die gedeckten Tafeln zu „Das ist ein sehr guter Grund. Kommt Freunde, ran an die Buletten." Burk und Reini schauen auf die Tische „Welche Buletten denn, Django?" „Das müßt ihr beide gerade fragen. Dabei wißt ihr doch, wie ich es meine."

Inga geht zu Lina. „Du kommst zwischen uns. Django und mir. Dann kann keiner an dich ran." „Doch." hört sie hinter sich. Sie dreht sich um „Und wer bitte schön soll das sein?" „Black." „Der darf das natürlich. Aber sonst ..." „Ihr Vater." „Hast du sonst noch irgend jemanden, mit Sondererlaubnis?" „Ja. Wir beide."

Die Gesellschaft nimmt an den langen Tischen platz. Neben Django setzt sich Professor Dumont. „Sie haben doch nichts dagegen?" „Wo gegen? Das sie neben mir sitzen? Überhaupt nicht. Was darf es sein?" „Och, ich find schon was. Es ist ja reichlich vorhanden."

Plötzlich wiehert Maybe und macht den größten Spektakel. „Was ist denn jetzt?" wundern sich die Freunde. Inga steht auf und geht zu den beiden Pferden. Da sieht sie eine weibliche Person an der Wand kauern.

„I ich wollte dem Tier es doch nur leichter machen und zu essen geben." kommt es von ihr. „Was hat die Stute?" „Den Kasten in der Satteltasche. Und dann darf keiner an die Taschen." Sie legt der Stute die Hand auf den Hals. „Ist gut Maybe. Die meinte es nur gut mit dir." Inga nimmt die Satteltaschen dem Tier ab und legt sie bei den Pferden hin.

Die Reiterin gibt der Stute eine gute Portion Futter. Und Maybe legt ihr den Kopf auf die Schulter. „Was hat sie denn jetzt?" fragt die Reiterin verwundert. Django schaut hin „Nichts. Sie mag dich halt." Alle müssen lachen.

Die Reiterin legt ihre Arme um den Hals der Stute. „Du bist schon einzigartig." „Und unverkäuflich." sagen Inga und Django.

Die junge Reiterin kommt an die Tische. „Ich will sie ja gar nicht kaufen. Habe nicht mal Geld um mir von hier eins zu kaufen."

Von dem Stalleingang kommen Schritte. Die beiden Abenteurer blicken dem Ankömmling entgegen. „Ah, Chef, sie kommen gerade richtig. Wir feiern ein bißchen." „Dafür habt ihr auch allen Grund." „Feiern sie doch mit."

Der Polizeichef geht zu Django „Ich muß mich bei Ihnen bedanken. Sie haben Ungarn einen großen Dienst erwiesen. Und ihre Partnerin und die beiden Ermittler natürlich auch. Wenn sie noch einen Wunsch ..."

Da steht Django auf „Ja, den hätte ich. Kaufen sie der jungen Reiterin dort das Pferd, das Maybe jetzt aussucht. Maybe." Der Polizeichef schaut erstaunt.

Die Fuchsstute geht durch die Stallgasse und bleibt vor einem jungen Hengst stehen. Es ist ein großer starker Hengst. Beide knabbern aneinander.

Django nimmt die junge Reiterin mit und geht zu den beiden Pferden. Der Polizeichef folgt den beiden. „Na, mein Mädel, was hast denn ausgesucht?" fragt Django. Dann sieht er den jungen Hengst. Die junge Reiterin ist erschrocken. Den Hengst hat sie sich doch schon immer gewünscht.

„W woher wußte die Stute ...?" weiter wagt sie nicht zu fragen. „Ich entnehme der Äußerung, das du ihn dir selbst schon gewünscht hast." sagt Django. Das Mädchen nickt nur.

„Dann soll es so sein." kommt es vom Polizeichef. „Ich werde morgen mit dem Gestütsleiter sprechen. Das Pferd ist ab sofort deins."

Das Mädchen geht zu der Stute „Danke. Du bist wirklich einzigartig." Dann geht sie in die Box des Hengstes. Legt ihm die Hand an den Hals und streichelt ihn. Jetzt legt der Hengst seinen Kopf auf das Mädchen. Dieses muß nun weinen.

Dann fangen alle an ein großes Fest in der Stallgasse zu feiern. Es wird ausgiebig gegessen und getrunken. Lina redet zum ersten mal über die Qualen, die ihr zugefügt wurden. Sie sitzt auch mit auf der duchgehenden Bank. Aber unter ihrem Hintern liegt eine dicke Wolldecke.

Zu fortgeschrittener Stunde sagt Burk „Reini, esse dich richtig satt. Nutze die Gelegenheit." „Warum denn, Burk?" „Morgen geht es zurück nach Deutschland. Unser Auftrag hier ist erledigt." Reini hört die Worte und ist enttäuscht. Morgen schon nach Hause.

„Wann macht ihr euch wieder auf den Rückweg?" „Wenn wir ausgeschlafen haben. Aber morgen werden wir wohl auch wieder satteln. Immerhin muß der Kasten noch wieder an seinen Platz zurück." Wie lange braucht ihr denn für die Rücktour?" „Kommt drauf an, was unterwegs noch passiert. Aber wenn alles glatt läuft, sind wir in zwei Tagen zu Hause."

Zeitfracht Medien GmbH
Ferdinand-Jühlke-Straße 7
99095 Erfurt, Deutschland
produktsicherheit@kolibri360.de